आसक्ति से विरक्ति तक

ओड़िआ महाभारत की चुनिंदा कहानियाँ

आसक्ति से विरक्ति तक

ओड़िआ महाभारत की चुनिंदा कहानियाँ

अंकिता पाण्डेय

वाणी प्रकाशन

वाणी प्रकाशन

4695, 21-ए, दरियागंज, नयी दिल्ली 110 002

फ़ोन : +91 11 23273167 फ़ैक्स : +91 11 23275710

शाखाएँ

अशोक राजपथ, पटना 800 004, बिहार

कॉफ़ी हाउस कैम्पस, महात्मा गांधी मार्ग, इलाहाबाद 211 001, उत्तर प्रदेश

महात्मा गांधी अन्तरराष्ट्रीय हिन्दी विश्वविद्यालय, वर्धा 442 001, महाराष्ट्र

सुल्तानिया रोड, मोतिया पार्क, भोपाल 462 001, मध्य प्रदेश

www.vaniprakashan.com
marketing@vaniprakashan.in
sales@vaniprakashan.in

Aasakti Se Virakti Tak : Odia Mahabharat Ki Chuninda Kahaniyan
by Ankita Pandey

ISBN : 978-93-5518-085-8
Story Collection

पेपरबैक प्रथम संस्करण 2022

मूल्य : ₹ 299

आर. टेक ऑफ़सेट प्रिंटर्स, दिल्ली-110032 में मुद्रित

वाणी प्रकाशन का लोगो मक़बूल फ़िदा हुसेन की कूची से

भूमिका

महाभारत मानवीय त्रासदी की एक हृदयस्पर्शी कथा है जो हमें सावधान करती है कि तृष्णा, हठ, ईर्ष्या, घमण्ड, असुरक्षा और अहंकार से पोषित छोटे–छोटे मतभेद भी कालान्तर में एक बहुत बड़े विनाश का कारण बन सकते हैं। जो इससे सीख नहीं लेते हैं वे इन ग़लतियों को दोहराते हैं। प्रत्येक पीढ़ी को इस प्राचीन कथा को पढना चाहिए जिससे वे उचित मार्ग का चयन कर सकें।

पन्द्रहवीं शताब्दी में सारलादास ने महर्षि व्यास की संस्कृत महाभारत को ओड़िशा के सामाजिक एवं सांस्कृतिक परिवेश में प्रस्तुत किया। शूद्रमुनि सारलादास ओड़िआ साहित्य के आदि कवि के रूप में जाने जाते हैं। वे ओड़िआ पौराणिक साहित्य की समृद्ध परम्परा के प्रवर्तक थे। उन्होंने तीन पुराणों की रचना की जिनमें सबसे ज़्यादा लोकप्रियता उनकी महाभारत को मिली जो "सारला महाभारत" के नाम से भी जानी जाती है। ओड़िशा के एक सुदूर गाँव में लिखी गयी यह महाभारत वास्तव में व्यास मुनि की प्राचीन कथा की नवीन संकल्पना है। यह किसी भी क्षेत्रीय भाषा में व्यास महाभारत का पहला पुनःकथन है जिसमें सभी अठारह पर्व सम्मिलित हैं। साथ–ही–साथ यह महाभारत का किसी शूद्र द्वारा किया गया पहला पुनःकथन भी है। सारलादास का कहना था कि उन्होंने केवल वही लिखा जो जंखड़ की देवी माँ सारला ने उन्हें लिखने के लिए कहा।

सारलादास की कथा में कुछ पर्व व्यास की तुलना में छोटे हैं जैसे कि शान्ति पर्व और कुछ लम्बे हैं जैसे कि मौसल पर्व–

जिसे सारला ने मूषली नाम दिया है। कुछ प्रसंग जैसे कि द्रौपदी का चीरहरण और पाण्डवों का वनवास की परिकल्पना व्यास से भिन्न है। साथ में कुछ प्रसंग ऐसे भी हैं जो व्यास में नहीं पाये जाते हैं जैसे कि दुर्योधन द्वारा रक्त की नदी को पार करना और शकुनि के जादुई पासे का रहस्य। लेकिन श्रीकृष्ण द्वारा अश्वत्थामा को श्राप देना जैसे व्यास महाभारत के प्रसंग ओड़िआ महाकाव्य में नहीं पाये जाते हैं। हालाँकि सारला ने मूल कथा के ढाँचे में कोई परिवर्तन नहीं किया, उनकी श्रीकृष्ण के अवतार और मनुष्यलोक में दैवी हस्तक्षेप की परिकल्पना व्यास से काफ़ी भिन्न है। व्यास कथा के मुख्य बिन्दुओं की पुनःसंकल्पना करके सारला ने हमें हस्तिनापुर के सिंहासन के उत्तराधिकार, प्रतिशोध की नैतिकता, युद्ध के औचित्य तथा शान्ति स्थापित करने में युद्ध की भूमिका के बारे में नये तरह से सोचने के लिए प्रेरित किया।

अभी तक सारला महाभारत का अंग्रेज़ी या किसी अन्य यूरोपीय भाषा में अनुवाद नहीं किया गया है। हालाँकि एक ब्लॉग के माध्यम से अनेक प्रसंग अंग्रेज़ी में अवश्य उपलब्ध हैं। जहाँ तक भारतीय भाषाओं की बात है ऐसा माना जाता है कि अठारहवीं शताब्दी में सारला महाभारत के कुछ हिस्सों का बंगला में अनुवाद किया गया था जो अब उपलब्ध नहीं है। सन् 2015 में ओड़िशा साहित्य अकादेमी ने पहले दो पर्वों का हिन्दी अनुवाद प्रकाशित किया था। लेकिन किसी अन्य भारतीय भाषा में इसका कोई अनुवाद या पुनःकथन नहीं हुआ है।

प्रस्तुत पुस्तक में अंकिता पाण्डेय ने विभिन्न पर्वों से चुनी गयी कहानियों के बहुत सुन्दर पुनःकथन के माध्यम से हिन्दी जगत के पाठकों के लिए सारला महाभारत का प्रथम सिंहावलोकन प्रस्तुत किया है। उन्होंने सावधानीपूर्वक ऐसे छत्तीस प्रसंगों को चुना है जो या तो व्यास महाभारत में नहीं हैं या उन्हें सारला ने अलग तरह से प्रस्तुत किया है। कालक्रमानुसार व्यवस्थित ये कहानियाँ पाठकों को न केवल सारला महाभारत के सार से बल्कि ओड़िआ और संस्कृत महाभारत की भिन्नता से भी रू–ब–रू कराती हैं। इन कहानियों का गद्य सरल है,

शब्द सधे हुए हैं और शैली संक्षिप्तता और लालित्य से युक्त है। अंकिता ने कहानियों को सरल हिन्दी में प्रस्तुत करके शूद्रमुनि के महाभारत को सुलभ बनाने के उद्देश्य का भी ध्यान रखा है। उनकी प्रस्तुतीकरण की शैली पाठक को मूल कहानी के साथ–साथ सारला की रचनात्मकता से भी परिचित कराती है।

–बिबुधेन्द्र नारायण पट्टनायक

सेवानिवृत्त प्राध्यापक

(अंग्रेज़ी एवं भाषा विज्ञान), आई.आई.टी. कानपुर

प्रस्तावना

भारत विश्व में अपनी भाषाई विविधता के लिए जाना जाता है। शायद ही कोई और देश होगा जहाँ सैकड़ों भाषाएँ आज भी प्रचलन में हैं। इन सभी भाषाओं का अपना एक गौरवशाली इतिहास और समृद्ध साहित्य है। लेकिन अक्सर एक भारतीय भाषा के साहित्यप्रेमी दूसरी भाषा की प्रमुख कृतियों से भी अनभिज्ञ होते हैं। हाल के दशकों में हमारी भाषाओं के बीच संवाद की कमी के चलते हम अन्य भारतीय भाषाओं के साहित्य को जानने के लिए अंग्रेज़ी के अनुवादों पर निर्भर होने लगे हैं। लेकिन आज भी हमारी सांस्कृतिक और भाषाई विविधता के बीच में रामायण और महाभारत जैसी प्राचीन कथाएँ सेतु के रूप में उपलब्ध हैं।

आधुनिक भारतीय भाषाओं में इन कहानियों को कहने–सुनने की परम्परा काफ़ी पुरानी है। इनमें से कुछ भाषाओं में रामायण और महाभारत की कथा को कहने वाले 'आदि कवि' के रूप में जाने जाते हैं। सत्रहवीं शताब्दी तक महाभारत का तमिल, तेलुगु, कन्नड़, ओड़िआ, मलयालम, मराठी, हिन्दी, बंगला, और असमिया में पुनःकथन हो चुका था। लेकिन ये पुनःकथन अनुवाद मात्र नहीं थे। मध्यकालीन कवियों ने महाभारत की प्राचीन कथा को अपने समकालीन परिवेश में ढाल कर लोकभाषा के माध्यम से जनमानस तक पहुँचाया।

ओड़िआ भाषा में महाभारत के तीन प्रमुख पुनःकथन हुए हैं– पन्द्रहवीं शताब्दी में सारलादास द्वारा, उसके बाद सोलहवीं शताब्दी में जगन्नाथ दास और अठारहवीं शताब्दी में कृष्ण सिंह द्वारा।

इनमें सबसे ज़्यादा लोकप्रिय और रचनात्मक कृति सारलादास की मानी जाती है जो सारला महाभारत के नाम से प्रसिद्ध हुई। यह किसी भी आधुनिक भारतीय भाषा में एक कवि द्वारा सम्पूर्ण महाभारत का प्रथम पुनःकथन है और शायद यह एकमात्र क्षेत्रीय महाभारत है जो व्यास महाभारत से भी लम्बी है।

सारला के जीवन के बारे में हम ज़्यादा कुछ नहीं जानते हैं सिवाय इसके कि उनका जन्म पन्द्रहवीं शताब्दी में कटक के पास जंखड़ गाँव में हुआ था और उनका मूल नाम सिद्धेश्वर परिडा था। यह वह समय था जब दक्षिण के राजाओं के लम्बे शासन के बाद ओड़िशा में कपिलेन्द्र देव ने गजपति राजवंश की स्थापना की और इस दौरान अभिजात्य वर्ग के बीच में ओड़िआ भाषा की स्वीकार्यता बढ़ी। कवि सारला का कहना था कि जंखड़पुरवासिनी सिद्ध सारला देवी के आदेश पर ही उन्होंने महाभारत की रचना की थी और उन्हीं से उन्हें सारलादास नाम मिला। अपनी रचनाओं में सारला अपना परिचय शूद्रमुनि के नाम से देते हैं और अपनी महाभारत को विष्णु पुराण कह कर सम्बोधित करते हैं। महाभारत के अलावा सारला ने बिलंक रामायण और चण्डी पुराण की भी रचना की थी।

सारलादास ओड़िआ भाषा के 'आदि कवि' के रूप में प्रसिद्ध हैं। ऐसा नहीं है कि उनसे पहले ओड़िआ भाषा का कोई साहित्य नहीं था। किन्तु सारला ने पहली बार यह दिखाया कि ओड़िआ भाषा में संस्कृत की तरह ही बड़े पैमाने पर कहानी कही जा सकती है, जिसमें उपनिषदों की गहराई और शास्त्रों की गम्भीरता होने के साथ–साथ लोक कथाओं की चपलता और मिठास भी हो।

सारला महाभारत में व्यास महाभारत की तरह अठारह पर्व हैं किन्तु सौप्तिक, अनुशासन और महाप्रस्थानिक पर्व नहीं हैं। इसी तरह सारला महाभारत में कुछ ऐसे पर्व हैं जो व्यास में नहीं हैं जैसे मध्य, गदा और काइँशिका (ऐषिक)। हालाँकि व्यास के शल्य पर्व में गदा और सौप्तिक पर्व में ऐषिक नाम के उपपर्व हैं। कुछ पर्व सारला महाभारत में व्यास की तुलना में छोटे हैं जैसे शान्ति पर्व और कुछ

बड़े हैं जैसे मौसल पर्व जिसे सारला मूषली कहते हैं। इसके अलावा सारला महाभारत में कुछ पर्वों का क्रम भी व्यास से अलग है जैसे आश्रमिक पर्व अश्वमेध के पहले आता है।

कवि सारला ने महाभारत की प्राचीन कथा को न केवल ओड़िआ आवरण में प्रस्तुत किया बल्कि उसकी पुनःकल्पना भी की। उन्होंने मध्यकालीन ओड़िशा के तीर्थों, खान–पान और लोक कथाओं को महाभारत की प्राचीन कथा का अभिन्न अंग बना दिया।

इसके अलावा सारला ने पात्रों को ओड़िआ नाम और पहचान भी दी जैसे ऋषि पराशर को पारेश्वर, ऋषि अगस्त्य को अगस्ति और युधिष्ठिर को जुझेष्ठि नाम दिया और चौथे पाण्डव नकुल को नकुल कुमार जेना के रूप में प्रस्तुत किया। 'जेना' उपनाम का प्रयोग तटीय ओड़िशा के योद्धाओं के वंशजों द्वारा किया जाता है। सारला ने कुछ पात्र नये नाम से प्रस्तुत किये जैसे व्यास महाभारत के कौरव राजकुमार युयुत्सु को दुर्दस नाम दिया। दुर्दस ने दुर्योधन का साथ छोड़ कर पाण्डवों की तरफ़ से युद्ध में भाग लिया था। इसी तरह उन्होंने नये पात्रों की भी रचना की जैसे युधिष्ठिर की ओड़िआ पत्नी सुहानी और उसके पिता हरि साहू। लेकिन व्यास के कई पात्र जैसे विकर्ण सारला महाभारत में नहीं मिलते हैं। साथ में सारला ने कुछ ऐसे स्थानों का भी ज़िक्र किया जो व्यास महाभारत में नहीं मिलते हैं जैसे बाबरपुरी। इसके अलावा उन्होंने व्यास महाभारत के कुछ पात्रों के सम्बन्धों को नये रूप में प्रस्तुत किया जैसे शकुनि दुर्योधन का विश्वासपात्र बनने से पहले हस्तिनापुर के कारागार में बन्दी था और पाण्डव बचपन से जानते थे कि कर्ण उनका अग्रज है। एक और दिलचस्प बात यह है कि सारला के अनुसार पाण्डवों को पाण्डव नाम महाराज पाण्डु से नहीं बल्कि पाण्डवासुर को एक साथ मिलकर मारने की वजह से मिला था।

सारला ने पात्रों को जनसामान्य से जोड़ने के लिए नयी कहानियाँ भी गढ़ीं जैसे देवी पार्वती का भगवान शिव के बालों से जूँ निकालना और महिला पात्रों के बीच ईर्ष्या और विवाद के प्रसंग।

इसके अलावा अनेक प्रसंग जैसे गान्धारी का गोलक वृक्ष से विवाह, शकुनि के चमत्कारी पासों का रहस्य, पतझड़ का आम और दुर्योधन का रक्त की नदी को पार करना व्यास में नहीं मिलते हैं। वहीं व्यास महाभारत के कई प्रसंग जैसे युद्ध के पहले कृष्ण–अर्जुन का संवाद, कृष्ण द्वारा अश्वत्थामा को दण्डित करना और युधिष्ठिर–यक्ष संवाद सारला महाभारत में नहीं मिलते हैं। कुछ प्रसंगों की परिकल्पना सारला ने बिलकुल अलग तरह से की है जैसे द्रौपदी के चीरहरण में शकुनि की भूमिका और सूर्यदेव का हस्तक्षेप।

इन सबके अलावा दोनों ग्रन्थों के बीच कुछ मूलभूत अन्तर भी हैं। सारला की कथा में अर्जुन की युद्ध के प्रति अनिच्छा तो देखने को मिलती है पर भगवद्गीता का उल्लेख नहीं है। यहाँ शकुनि को कृष्ण के परम भक्त के रूप में प्रस्तुत किया गया है जो कृष्ण के साथ मिल कर कौरवों के नाश का षड्यन्त्र रचता है। साथ ही हस्तिनापुर राज्य का बँटवारा नहीं होता है और दुर्योधन की मृत्यु हस्तिनापुर के युवराज की बजाय हस्तिनापुर–नरेश के रूप में होती है। सारला महाभारत में भगवान कृष्ण की परिकल्पना नारायण के पूर्ण अवतार के रूप में हुई है और मूषली पर्व में कृष्ण और भगवान जगन्नाथ के बीच में सम्बन्ध प्रस्तुत किया गया है। वस्तुतः सारला की कथा कृष्णमय है।

सारलादास से प्रेरित होकर ओड़िआ में अनेक ग्रन्थ लिखे गये। उनके बाद ओड़िआ साहित्य में पंचसखा के नाम से लोकप्रिय कवि बलराम दास, अनन्त दास, जसोबन्त दास, जगन्नाथ दास, अच्युतानन्द दास हुए। जगन्नाथ दास की 'श्रीमद्भागवत' और बलराम दास की 'लक्ष्मी पुराण' ओड़िआ साहित्य की प्रसिद्ध रचनाएँ हैं। लेकिन इन सबसे अलग सारला की महाभारत ओड़िआ लोकभाषा और परम्पराओं का हिस्सा बन गयी। सारला के अनेक मुहावरे आम बोल–चाल का हिस्सा बन गये जैसे *असमयरे गध पाद धरिबा* (कठिन समय में गधे के पाँव पकड़ने पड़ते हैं) और *भारिजा डररे शलाकू नमस्कार* (पत्नी के डर से साले को नमस्कार करना पड़ता है)

इसी तरह सारला महाभारत की छाप लोक व्यवहार में भी मिलती है। जैसे आदि पर्व में संजय, शकुनि, विदुर और कृष्ण ने दुर्योधन के विरुद्ध अपने षड्यन्त्र की गोपनीयता बनाये रखने के लिए एक दूसरे के माथे को छूकर शपथ ली थी। यह प्रथा आज भी ओड़िशा में प्रचलित है।

व्यास महाभारत से भिन्नता को लेकर सारला की आलोचना भी हुई। अठारहवीं शताब्दी में ओड़िआ कवि कृष्ण सिंह ने सारला की इस बात पर आलोचना करते हुए व्यास महाभारत का अनुवाद प्रस्तुत किया। हालाँकि कृष्ण सिंह की कृति ज़्यादा प्रसिद्ध नहीं है।

प्रस्तुत कहानी संग्रह के माध्यम से हिन्दी के पाठकों तक सारलादास की महाभारत का सार सरलता के साथ पहुँचाने का प्रयास किया गया है। यहाँ विभिन्न पर्वों से ली गयीं छत्तीस कहानियाँ प्रस्तुत की गयी हैं। इन कहानियों का स्रोत प्रोफ़ेसर बि. ना. पटनायक का *सारला महाभारत* ब्लॉग एवं उनकी किताब *इंट्रोड्यूसिंग सारला महाभारत* है जिनमें उन्होंने सारला महाभारत के अनेक प्रसंगों का गहराई से विश्लेषण किया है। इसके अलावा ओड़िशा साहित्य अकादेमी द्वारा प्रकाशित सारला महाभारत के आदि और मध्य पर्व के हिन्दी संस्करण की भी सहायता ली गयी है। (आगे इसके लिए 'अकादेमी के हिन्दी संस्करण' का प्रयोग किया गया है।)

चूँकि हिन्दी के अधिकांश पाठक व्यास महाभारत से परिचित होंगे इसलिए कहानियों का चयन इस तरह से किया गया है कि सारला महाभारत के आदि पर्व से स्वर्गारोहण पर्व तक का परिचय ऐसे प्रसंगों के ज़रिये मिल सके जो या तो व्यास महाभारत में नहीं हैं या फिर काफ़ी अलग हैं। साथ ही साथ व्यास और सारला महाभारत की भिन्नताओं पर प्रकाश डालने का भी प्रयास किया गया है। इसके लिए रामकुमार राय के महाभारत–कोशः एवं बिबेक देबरॉय और किशोरी मोहन गांगुली के व्यास महाभारत के अंग्रेज़ी अनुवाद की सहायता ली गयी है।

आशा है कि हिन्दी के पाठकों को यह प्रस्तुति रोचक लगेगी क्योंकि उन्हें चिरपरिचित पात्रों की कहानियाँ एक नये अन्दाज़ में जानने को मिलेंगीं।

मैं प्रोफ़ेसर बि. ना. पटनायक की आभारी हूँ जिनके मार्गदर्शन के बिना यह कहानी संग्रह पूरा नहीं हो सकता था। मैं प्रीति गिल, सुप्रिया प्रशान्त, अदिति माहेश्वरी, और वाणी प्रकाशन के सम्पादकीय विभाग के सभी सदस्यों की भी आभारी हूँ जिनके सहयोग से यह संग्रह पाठकों तक पहुँच पाया। मैं सारला देवी के मन्दिर के रेखाचित्र के लिए जी. चन्नाकेशव की आभारी हूँ।

मकर संक्रान्ति

अंकिता पाण्डेय

व्यास और सारला महाभारत के पर्व :
एक तुलनात्मक अनुक्रमणिका

व्यास महाभारत (संस्कृत)		सारला महाभारत (ओड़िआ)	
पर्व संख्या	पर्व का नाम	पर्व संख्या	पर्व का नाम
1	आदि	1	आदि
–	–	2	मध्य
2	सभा	3	सभा
3	अरण्यक	4	वन
4	विराट	5	विराट
5	उद्योग	6	उद्योग
6	भीष्म	7	भीष्म
7	द्रोण	8	द्रोण
8	कर्ण	9	कर्ण
9	शल्य	10	शल्य
–	–	11	गदा
10	सौप्तिक	–	–
–	–	12	काइँशिका
11	स्त्री	13	नारी
12	शान्ति	14	शान्ति
13	अनुशासन	–	–
14	आश्वमेधिक	15	आश्रमिक
15	आश्रमवासिक	16	अश्वमेध
16	मौसल	17	मूषली
17	महाप्रस्थानिक	–	–
18	स्वर्गारोहण	18	स्वर्गारोहण
	हरिवंश		

अनुक्रम

मुझे गांगी मत कहना!

यह कहानी नियति, कर्म, विश्वास और प्रेम के बीच झूलते देवी गंगा और राजा शान्तनु के जीवन की है। जहाँ राजा शान्तनु देवी गंगा को अथाह प्रेम करते थे वहीं देवी गंगा भगवान शिव के प्रति समर्पित थीं।

भगवान शिव कैलाश पर्वत पर नहीं थे। कोई नहीं जानता था कि वे कहाँ ध्यानमग्न हैं। देवी गंगा ने निर्घात की पुत्री के रूप में मनुष्य जन्म लिया ताकि वे भगवान शिव से विवाह कर सकें। उनके पिता उनकी वास्तविकता से परिचित थे। दूसरी तरफ़ राजा शान्तनु भी भगवान शिव के अनन्य भक्त थे। उनसे प्रसन्न होकर भगवान शिव ने उन्हें 'द्वितीय शिव' होने का आशीर्वाद दिया था। भक्ति में लीन राजा शान्तनु भगवान शिव की वेशभूषा और रंग–ढंग में रहा करते थे। इस वजह से लोग अक्सर उन्हें भगवान शिव समझ बैठते थे। यही गलती देवी गंगा से भी हो गयी।

निर्घात बहुत समय से अपनी पुत्री के विवाह के लिए चिन्तित थे। देवी गंगा के राजा शान्तनु के प्रति आकर्षण को देख कर उन्होंने देवी को राजा शान्तनु से विवाह करने के लिए कहा। उनके कहने पर देवी राजा शान्तनु से विवाह करने के लिए राज़ी हो गयीं। लेकिन शीघ्र ही उन्हें अपनी ग़लती का अहसास हुआ और उन्होंने विवाह करने से इनकार कर दिया।[1] किन्तु उनके पिता ने संकल्प भंग करने

1. व्यास महाभारत में राजा शान्तनु के पिता राजा प्रतीप के गंगाद्वार में तप करते समय देवी गंगा वहाँ आयीं। देवी ने उनसे विवाह की इच्छा प्रकट की। राजा प्रतीप ने देवी से उनकी पुत्रवधू बनने के लिए कहा। देवी ने इस शर्त के साथ राजा की माँग स्वीकार की कि उनकी हर बात उनके पुत्र को माननी होगी। तदनन्तर राजा शान्तनु ने देवी की सभी शर्तें मानकर उनसे विवाह किया।

का दोष लगने की बात कहकर उन्हें विवाह के लिए मना लिया। विवाह की रस्मों के दौरान देवी गंगा ने राजा शान्तनु को भगवान शिव के प्रति अपने प्रेम के बारे में बताया। उन्होंने शान्तनु को आगाह करते हुए पूछा कि यह जानते हुए भी कि उनका उग्र और विद्रोही स्वभाव त्रिदेवों के भी नियन्त्रण के बाहर है, तब भी क्या वे उनसे विवाह करेंगे। राजा शान्तनु ने हामी भरते हुए उत्तर दिया कि एक पति का कर्तव्य है कि वह हमेशा अपनी पत्नी के प्रति सहयोगात्मक और शालीन रहे। तब देवी गंगा ने वचन लिया कि वे चाहे जितना भी ग़लत व्यवहार करें, राजा शान्तनु उनसे कभी नाराज़ नहीं होंगे। वे उन्हें कभी दोष नहीं देंगे और न ही कभी उनके साथ कठोर या अशिष्ट व्यवहार करेंगे। देवी गंगा ने चेतावनी दी कि जिस दिन राजा उन्हें गंगा की जगह गांगी कह देंगे, वे वैवाहिक सम्बन्ध से मुक्त होकर उन्हें छोड़ देंगी। राजा शान्तनु ने कोई आपत्ति नहीं जतायी।

और फिर देवी गंगा ने हर वह प्रयास किया जिससे क्रोध में आकर राजा शान्तनु ग़लती से या फिर जानबूझकर अपना वायदा तोड़ दें और वे वैवाहिक सम्बन्ध से मुक्त हो जायें। देवी गंगा न ही उन्हें खाना देतीं और न ही उनसे प्रेम से बात करतीं। वे उन पर क्रोध करतीं और उन्हें मारती–नोचतीं। इतना ही नहीं देवी राजा शान्तनु के धार्मिक अनुष्ठानों, पूजा–पाठ और उपवास में विघ्न डालने के लिए उस दौरान उन्हें सम्बन्ध बनाने के लिए मजबूर करतीं। लेकिन जब राजा शान्तनु इच्छा प्रकट करते वे उन्हें अस्वीकार कर देतीं। राजा शान्तनु बारह व्रत रखते थे। उपवास के समय देवी गंगा राजा शान्तनु को सम्बन्ध बनाने के लिए विवश करतीं। जिस वजह से राजा शान्तनु ने बहत्तर दिनों के उपवास को छोड़ दिया। अब वे सिर्फ़ एकादशी का उपवास ही रखते थे।

एक दिन उत्सुकतापूर्वक देवी गंगा ने राजा शान्तनु से एकादशी के व्रत के प्रति उनकी अगाध श्रद्धा के बारे में पूछा। राजा शान्तनु ने उत्तर दिया, "यह संसार एक गहरी नदी की तरह है जिसे सिर्फ़ धर्म की नाव के ज़रिये ही पार किया जा सकता है।

सांसारिक जीवन मनुष्य को अहंकार, इच्छा, लगाव, घृणा और क्रोध की रस्सियों से बाँध लेता है जिससे सिर्फ़ प्रभु श्रीनारायण ही मुक्ति दिला सकते हैं। एकादशी के व्रत को शुद्ध भावना और सही तरीक़े से करने से श्रीनारायण प्रसन्न होते हैं और उपासक को मोक्ष की प्राप्ति होती है।" राजा शान्तनु ने देवी गंगा से भी इस व्रत को करने का आग्रह करते हुए कहा, "इस तरह हमें बैकुण्ठ प्राप्त होगा जो प्रभु का निवास स्थान है।"

"लेकिन एक राजा या गृहस्थ का कर्तव्य उपवास रखना नहीं है। क्षत्रिय धर्म और तपस्या का कोई मेल नहीं है। राजा का पद स्वयं में ही एक महान दायित्व है। उसके लिए अपने राज्य को सँभालने के साथ–साथ व्रत और उपवास करना सम्भव नहीं है," देवी गंगा ने जवाब दिया। उन्होंने राजा शान्तनु से कहा कि उन्हें राज्य के भले के लिए सोचना चाहिए, दुष्टों को दण्डित करना चाहिए, आश्रमों का संरक्षण करना चाहिए, शत्रुओं से अपने राज्य को बचाने के लिए किसी भी तरह के आक्रमण का सामना करने के लिए तैयार रहना चाहिए। साथ में अपने राज्य के विस्तार के बारे में सोचना चाहिए और ज़रूरत पड़े तो उसके लिए युद्ध भी करना चाहिए। देवी गंगा राजा शान्तनु के साथ एक मित्र की तरह बात कर रहीं थीं। उन्होंने शान्तनु से पूछा कि क्यों वे अपनी बुद्धिमत्ता, कौशल और वीरता को परे रख कर अपना समय उपवास करने में बिता रहे हैं।

शान्तनु को देवी गंगा की बात तर्कसंगत लगी। उनके द्वारा राजधर्म को लेकर दिये गये अकाट्य तर्क के सामने राजा नतमस्तक हो गये। और उन्होंने एकादशी का व्रत भी त्याग दिया। लेकिन वे यह नहीं जानते थे कि देवी गंगा का इरादा कुछ और था। वे उन्हें धर्म के मार्ग से भटकाना चाहती थीं। पर शान्तनु उनके इरादों को भला कैसे जान सकते थे। आख़िर मनुष्यों के पास मन को पढ़ने की क्षमता तो होती नहीं है। उनके सम्बन्ध विश्वास पर टिके होते हैं। इसलिए शान्तनु भी अपनी पत्नी के इरादों को जान नहीं पाये।

लेकिन देवी गंगा ने अपने ज्ञान का प्रयोग एक धर्मानुयायी को भटकाने के लिए क्यों किया? सारला इस विषय में मौन हैं। शायद देवी और देवताओं के लिए धर्मभीरु व्यक्ति के अपेक्षा धर्म से भटके लोगों को अपने नियन्त्रण में लाना अधिक सरल होता है। शक्तिशाली से शक्तिशाली देवी–देवता साधारण से साधारण धर्मभीरु मनुष्य के सामने शक्तिहीन हो जाते हैं। इसलिए उन्हें अपने वश में करने के लिए वे उन्हें धर्म की राह से भटकाने का प्रयास करते हैं। देवी गंगा ने भी राजा शान्तनु के साथ यही किया। उन्होंने अपनी सुन्दरता और तर्कों के ज़रिये राजा शान्तनु को धर्म के मार्ग से विमुख किया।

सारला महाभारत में राजा शान्तनु का चरित्र नैतिक मूल्यों का पालन करने वाले व्यक्ति का था। उन्हें कवि सारला ने सदैव ऋषि कह कर सम्बोधित किया। देवी गंगा के जाने के बाद राजा शान्तनु ने दूसरा विवाह नहीं किया। वे ही उनकी एकमात्र पत्नी थीं। उनके अलावा उन्होंने किसी अन्य स्त्री के बारे में नहीं सोचा। वे कभी देवी गंगा के प्रति उतावले नहीं रहे। कुछ समय के लिए उनका मन देवी के आकर्षण में बहक अवश्य गया लेकिन उनके जाने के साथ वह मोह भी समाप्त हो गया। राजा शान्तनु से ही कुरु वंश की उत्पत्ति हुई थी लेकिन उनके जीवन की त्रासदी ने इस वंश को सर्वनाश की ओर धकेल दिया। देवी गंगा से मिले श्राप के चलते राजा शान्तनु को अपने किसी भी पुत्र से पौत्र की प्राप्ति नहीं हुई। धृतराष्ट्र और पाण्डु ऋषि व्यास के पुत्र थे जिनका सम्बन्ध कुरु परिवार से नहीं था। ऋषि व्यास सत्यवती और ऋषि पारेश्वर के पुत्र थे। ऋषि पारेश्वर राजा शान्तनु के आत्मीय थे और उनके अच्छे–बुरे समय में वे हमेशा उनके साथ रहे।

अतुलनीय सुन्दरी देवी गंगा के समक्ष समर्पण ही राजा शान्तनु का एकमात्र दोष था। विवाह की रस्मों के दौरान उन्हें पता चल गया था कि देवी उन्हें भगवान शिव समझने की भूल कर बैठीं हैं। लेकिन भ्रम से उपजी इस परिस्थिति से उबरने में उन्होंने देवी की कोई मदद नहीं की। उन्होंने वैवाहिक सम्बन्ध को बनाये रखने के लिए देवी गंगा

की हर अनुचित माँग को माना और उनकी हर ग़लती को अनदेखा किया। वे जानते थे कि देवी गंगा भगवान शिव के प्रति समर्पित थीं और उन्हीं से विवाह करना चाहती थीं। राजा शान्तनु स्वयं भी भगवान शिव के अनन्य भक्त थे। ऐसे में उन्होंने उस स्त्री को पाने की इच्छा की जिसका हृदय उनके इष्ट प्रभु के लिए समर्पित था। यह गुरु की पत्नी को पाने की इच्छा करने जैसा था। लेकिन देवी गंगा के प्रति आकर्षण ने उन्हें मानो अन्धा और विवेकशून्य कर दिया जिसकी उन्हें बाद में बहुत बड़ी क़ीमत चुकानी पड़ी।

राजा शान्तनु के अभागे पुत्र

राजा शान्तनु को देवी गंगा से एक पुत्र हुआ जिसका नाम भीष्म था। भीष्म के अलावा शान्तनु के दो और पुत्र थे। व्यास महाभारत में उनका नाम चित्रांगद और विचित्रवीर्य था और उनकी माँ सत्यवती थी। सारला महाभारत में उनका नाम चित्रवीर्य और विचित्रवीर्य था और सत्यवती उनकी माँ नहीं थी। दुर्भाग्यवश उन्हें अकारण ही देवी गंगा के श्राप का भागी बनना पड़ा।

एक दिन राजा शान्तनु मिलन के लिए आतुर हो देवी गंगा के पास पहुँचे। लेकिन देवी ने दुत्कार दिया। निराश शान्तनु का दीवार पर लगी एक ख़ूबसूरत महिला के चित्र को देख वीर्य स्खलन हो गया जिससे उन्हें एक पुत्र पैदा हुआ। प्रसन्न पिता ने पुत्र का नाम चित्रवीर्य रखा क्योंकि उसका जन्म एक चित्र के माध्यम से हुआ था। लेकिन देवी गंगा के भय से राजा शान्तनु चित्रवीर्य को ऋषि पारेश्वर और उनकी पत्नी सत्यवती के पास देखभाल के लिए छोड़ आये।

कुछ समय बाद देवी गंगा गर्भवती हुईं और उन्होंने अपनी पहली सन्तान को जन्म दिया। ख़ुशी से गद्गद राजा शान्तनु ने बच्चे को देखने के लिए जैसे ही कक्ष में प्रवेश किया, देवी ने उनके सामने ही बच्चे को दो टुकड़ों में काट दिया। इस भयानक दृश्य को देख राजा शान्तनु "नारायण!" "नारायण!" चिल्लाते हुए कक्ष से बाहर आ गये। वे देवी गंगा के इस व्यवहार से व्यथित हो गये। लेकिन फिर उन्होंने यह सोच कर स्वयं को दिलासा दिया कि एक माँ जिसने गर्भावस्था और बच्चे के जन्म की पीड़ा दोनों का सामना किया है,

अगर उसे बच्चे के जीवन और मृत्यु से कोई फ़र्क़ नहीं पड़ता है तो उन्हें भी अपना संयम नहीं खोना चाहिए।

इस घटना के कुछ समय बाद एक दिन फिर से देवी गंगा ने कामातुर राजा शान्तनु को बहुत कठोरता के साथ कक्ष के बाहर भेज दिया। लाचार राजा पुनः एक सुन्दरी के चित्र को देख कर उत्तेजित हुए और उनके वीर्य स्खलन से एक बच्चा पैदा हुआ। राजा शान्तनु ने इस बच्चे का नाम विचित्रवीर्य रखा और देवी गंगा के भय से इसे भी सत्यवती के पास देखभाल और सुरक्षा के लिए छोड़ दिया। इस तरह ऋषि पारेश्वर और सत्यवती ने चित्रवीर्य और विचित्रवीर्य का लालन–पालन किया।

कुछ समय बाद एक शुभ अवसर पर राजा शान्तनु देवी गंगा के साथ चन्द्रभाग नगर के पास पुण्य स्नान के लिए गये। संयोगवश ऋषि पारेश्वर भी सत्यवती और चित्रवीर्य तथा विचित्रवीर्य के साथ वहाँ आये हुए थे। राजा शान्तनु और ऋषि पारेश्वर दोनों को एक–दूसरे की यात्रा के बारे में कुछ नहीं पता था। लेकिन नियति राजा शान्तनु और उनके पुत्रों को एक साथ ले आयी।

वे एक–दूसरे के काफ़ी निकट स्नान कर रहे थे। जब बच्चों ने अपने पिता को देखा तो वे "पिता!" "पिता!" चिल्लाते हुए दौड़ कर राजा शान्तनु की तरफ़ पहुँचे और उनकी चरण वन्दना की। शान्तनु भयभीत हो गये क्योंकि देवी गंगा उनके बगल में ही खड़ी थीं। देवी ने उनसे पूछा कि क्या वे बच्चे उनके पुत्र हैं, आख़िर शक्लसूरत से तो वे उनके जैसे ही दिखते हैं। राजा शान्तनु यह सोच कर डर गये कि कहीं देवी गंगा उनके बच्चों के साथ भी वैसा व्यवहार न कर दें जैसा उन्होंने उनके पहले नवजात पुत्र के साथ किया था। उन्होंने इस बात से इनकार कर दिया कि चित्रवीर्य और विचित्रवीर्य उनकी सन्तान हैं और कहा कि उन्हें सन्तान कैसे हो सकती है जबकि देवी गंगा ही उनकी एकमात्र पत्नी हैं। लेकिन देवी गंगा कोई साधारण महिला नहीं थीं, उन्हें भूत–भविष्य का ज्ञान था। राजा शान्तनु के इस झूठ पर देवी बुरी तरह से क्रोधित हो गयीं और सबके सामने

शान्तनु को श्राप दिया कि जिन पुत्रों को उन्होंने उनसे छुपाने का प्रयास किया है, वे निःसन्तान मृत्यु को प्राप्त होंगे। देवी गंगा का क्रोध देख ऋषि पारेश्वर और उनकी पत्नी सत्यवती ने बच्चों को अपने पास बुला लिया।

उसके बाद देवी गंगा पाँच बार गर्भवती हुईं लेकिन जन्म देते ही उन्होंने शिशुओं को मार दिया। राजा शान्तनु कुछ न कर सके, वे देवी को विवाह के दौरान दिये गये वचन से बँधे थे। लेकिन सातवें पुत्र के जन्म के समय उनका धैर्य टूट गया। उन्होंने देवी गंगा से नवजात पुत्र को छीन लिया और क्रोध में आकर उन्हें गांगी कह दिया। इस तरह राजा शान्तनु ने देवी गंगा को दिये गये अपने वचन को तोड़ दिया और लम्बे समय से इस क्षण की प्रतीक्षा कर रहीं देवी उसी पल वैवाहिक सम्बन्ध से मुक्त हो गयीं। शान्तनु को अपनी ग़लती का अहसास हुआ। उन्होंने देवी गंगा को रोकने के प्रयास में उन्हें अपने अंकवार में बाँध लिया। देवी क्रोधित हो गयीं। उन्होंने शान्तनु से कहा कि भ्रमवश वे उनके साथ विवाह बन्धन में बँध गयीं थीं लेकिन अब वे मुक्त हैं और शिव को अपना पति मानने की वजह से वे उनके इष्ट की पत्नी अर्थात उनकी गुरुमाता हुईं। उन्होंने राजा शान्तनु को गुरुमाता को छूने के अपराध के लिए श्राप दिया कि जिस सन्तान को उन्होंने बचाया है उसी का पुत्र उनकी मृत्यु का कारण बनेगा। यह सातवीं सन्तान आगे चल कर भीष्म के नाम से जानी गयी।[1]

देवी गंगा के जाने के बाद राजा शान्तनु अपने तीनों पुत्रों के साथ रहने लगे। सत्यवती भी उनके बच्चों के लालन–पालन हेतु उनके साथ रहने आ गयी। विवाह की उम्र होने पर ऋषि व्यास का विवाह भारद्वादश की पुत्री पद्मावती के साथ हुआ। पद्मदल के शासक और भगवान नारायण के परम भक्त राजा पद्मनाभ की अम्बा, अम्बिका, अम्बालिका और अम्बिलिका नाम की चार विवाह योग्य सुन्दर कन्याएँ थीं। अम्बिका ने विवाह के लिए चित्रवीर्य का चुनाव किया।

---

1. व्यास महाभारत में भीष्म देवी गंगा और राजा शान्तनु के आठवें पुत्र थे।

इस शुभ अवसर पर वर के साथ राजा शान्तनु और ऋषि पारेश्वर तथा भूरिश्रवा ने पद्‌मदल की ओर प्रस्थान किया। लेकिन वहाँ एक नहीं बल्कि दो विवाह सम्पन्न हुए। चित्रवीर्य के अलावा विचित्रवीर्य का विवाह भी सम्पन्न हुआ। विचित्रवीर्य ने अम्बालिका के साथ विवाह किया।[1]

अपने विवाह के पश्चात् चित्रवीर्य और विचित्रवीर्य दोनों ने सन्तान प्राप्ति के लिए हर तरह के प्रयास जैसे यज्ञ, दान वग़ैरह किये। लेकिन उन्हें देवी गंगा के श्राप से मुक्ति नहीं मिल सकी। इतने पर भी दुर्भाग्य ने उनका पीछा नहीं छोड़ा और वे कुष्ठ रोग का शिकार हो गये। चित्रवीर्य की इस रोग से मृत्यु हो गयी और विचित्रवीर्य सन्तानहीन होने के दोष से मुक्त होने के लिए तीर्थ लाभ हेतु प्रयाग पहुँचे। जहाँ उन्होंने त्रिवेणी संगम पर देहत्याग किया।[2]

निर्दोष चित्रवीर्य और विचित्रवीर्य अपने पिता की वजह से अकारण ही श्राप के भागी बन गये। सारला की कथा में पात्रों के आनन्द या पीड़ा के पीछे उनके पिछले जन्म के कर्म होते थे, जिस वजह से श्राप या वरदान देने वाला नियति के फ़ैसले का मात्र वाहक होता था। लेकिन कवि ने चित्रवीर्य और विचित्रवीर्य के पिछले जन्म के कर्मों के बारे में ऐसा कुछ नहीं बताया जो देवी गंगा के श्राप की वजह बन सके।

---

1. व्यास महाभारत में अम्बिका और अम्बालिका दोनों बहनों का विवाह विचित्रवीर्य के साथ हुआ था।

2. व्यास महाभारत में चित्रांगद अल्पायु में गन्धर्वों से युद्ध करते हुए मारा गया था और विवाह के सात वर्ष पश्चात् निःसन्तान विचित्रवीर्य की क्षय रोग से मृत्यु हुई थी।

ऋषि व्यास की माँ परन्तु राजा शान्तनु की पत्नी नहीं

सारला की कथा में सत्यवती का किरदार व्यास की तुलना में बहुत छोटा और काफ़ी अलग है। वह एक राजकुमारी थी जो यात्रियों को निःशुल्क गंगा नदी के एक किनारे से दूसरे किनारे तक पहुँचाती थी लेकिन उसकी नियति यह नहीं थी।

सत्यवती राजा दास की पुत्री थी लेकिन वास्तविकता में उसका पिता कोई और था। सत्यवती की माँ को राजा दास से सन्तान नहीं हुई। सन्तान पाने के प्रयास में उसकी माँ ने अन्य पुरुषों के साथ सम्बन्ध बनाये। एक समय वह सन्तान प्राप्ति के लिए इतनी अधीर हो गयी कि वह वर्जित सम्बन्ध भी बना बैठी। सत्यवती के बारह वर्ष के होने के बाद उसकी माँ ने उसे इस बारे में बताया, किन्तु उसके पिता का नाम नहीं बताया। उसने सत्यवती से यात्रियों को नाव से गंगा नदी के इस पार से उस पार ले जाने का काम करने को कहा। उसके पिता राजा दास ने भी सहमति दे दी। लेकिन इस शर्त पर कि उसे यह काम प्रसन्नता के साथ और निःशुल्क करना होगा। यह स्पष्ट नहीं है कि सत्यवती के माता–पिता ने उसे ऐसा काम क्यों सौंपा। शायद उन्हें लगा होगा कि लोगों को लाने और ले जाने की निःस्वार्थ सेवा सत्यवती के जन्म से जुड़ी अनैतिकता को दूर कर देगी।[1]

---

1. व्यास महाभारत में सत्यवती चेदिदेश के राजा वसु और ब्रह्मा के श्राप से मछली बनी अद्रिका नाम की अप्सरा की पुत्री थी। इनका पालन–पोषण एक मल्लाह ने किया था।

लेकिन सत्यवती के जन्म से जुड़ा रहस्य गुप्त नहीं रहा। परिणामस्वरूप कोई भी राजकुमार उससे शादी करने के लिए तैयार नहीं हुआ। पर इन सबसे दूर सत्यवती अपने काम को ख़ुशी–ख़ुशी कर रही थी। एक दिन ऋषि पारेश्वर गंगा तट पर आये। सत्यवती की सुन्दरता और सुघड़ता पर मोहित ऋषि ने सत्यवती से नाव में उन्हें अकेले ले जाने को कहा। ऋषि की भावनाओं से अनभिज्ञ सत्यवती ने दूसरे यात्रियों को नाव से उतरने के लिए कहा ताकि ऋषि की इच्छा का सम्मान किया जा सके। बीच नदी में ऋषि ने अपनी भावनाओं को प्रकट किया। सत्यवती ने अनेक तरीक़ों से ऋषि को समझाना चाहा जैसे कि अभी वह एक कन्या है, दिन के समय सम्बन्ध बनाना वर्जित है, इत्यादि। लेकिन ऋषि ने अपनी मन्त्र शक्ति से सत्यवती को तुरन्त एक सुन्दर स्त्री में परिवर्तित कर दिया। सत्यवती के शरीर से आती हुई सुगन्ध ने आस–पास के वातावरण को मीठी ख़ुशबू से भर दिया। तत्पश्चात् ऋषि ने वैशाख की गर्मी में नाव के आस–पास ऐसा गहरा कोहरा उत्पन्न किया जिसे सूर्य की किरणें भी भेद नहीं पायीं। उनके मिलन से एक पुत्र पैदा हुआ जिसने जन्म लेते ही अपनी असाधारण आध्यात्मिक शक्तियों का प्रमाण दे दिया। प्रसन्न पिता ने गहरे रंग–रूप वाले इस बालक का नाम व्यास रखा। जब सत्यवती के पिता को इस बारे में पता चला तो उन्होंने सत्यवती का विवाह ऋषि पारेश्वर से करवा दिया।[1]

सारला महाभारत में सत्यवती राजा शान्तनु के जीवन में तब आयी जब राजा ने अपने पुत्र चित्रवीर्य और विचित्रवीर्य को उसके पास देख–रेख के लिए छोड़ा। उन्हें डर था कि उनकी पत्नी देवी गंगा उनके बच्चों को नुक़सान पहुँचा सकती हैं।

चित्रवीर्य का अम्बिका और विचित्रवीर्य का अम्बालिका से विवाह हुआ। अब भीष्म की बारी थी। भीष्म ने अम्बिका और अम्बालिका की

---

1. व्यास महाभारत में ऋषि पराशर और सत्यवती के मिलन से व्यास का जन्म हुआ था लेकिन उन दोनों का विवाह नहीं हुआ था। बाद में सत्यवती का विवाह राजा शान्तनु के साथ हुआ था।

बहन अम्बा को चुना। विवाह के दिन तैयार होते समय भीष्म ने अपने पिता राजा शान्तनु की आँखों में अश्रु देखे। यह जानने पर कि देवी गंगा ने श्राप दिया था कि उसका पुत्र उसके पिता की मृत्यु का कारण बनेगा, भीष्म ने विवाह न करने की प्रतिज्ञा ले ली।[1]

कुछ समय बाद निःसन्तान चित्रवीर्य और विचित्रवीर्य की मृत्यु हो गयी। तब ऋषि पारेश्वर के कहने पर सत्यवती ने अम्बिका और अम्बालिका को अपने पुत्र व्यास के ज़रिये सन्तान प्राप्त करने के लिए कहा ताकि कौरव वंश आगे चल सके। लेकिन इस तरह के सम्बन्ध के प्रति वह स्वयं भी अनिश्चित थी। व्यास बड़े भाई थे और छोटे भाई की पत्नी और बड़े भाई के बीच सम्बन्ध निषिद्ध था। अम्बा और अम्बालिका ने भी यह स्पष्ट कर दिया कि विवाह के बाहर जाकर सन्तान प्राप्ति उनके पति के छोटे भाई भीष्म के ज़रिये ही होनी चाहिए। सत्यवती भीष्म के पास गयी लेकिन उसे राज़ी नहीं कर पायी। भीष्म ने आजीवन अविवाहित रहने की अपनी प्रतिज्ञा का हवाला दिया। तब सत्यवती ऋषि व्यास के पास गयी। अनिच्छुक ऋषि व्यास ने अपनी माँ के बार–बार आग्रह करने पर सहमति दे दी।

सत्यवती ने अम्बिका और अम्बालिका को भी मना लिया। उसने कहा कि अगर इससे कोई पाप होगा तो उसकी भागी वह स्वयं होगी न कि वे दोनों। उसने अपने जन्म से जुड़ी परिस्थितियों के बारे में बताते हुए उन्हें समझाया कि एक स्त्री सन्तान पाने के लिए किस स्तर तक प्रयास कर सकती है।

अम्बिका की बच्चे को जन्म देते ही मृत्यु हो गयी। उसने एक अंधे पुत्र को जन्म दिया जिसका नाम धृतराष्ट्र रखा गया। तब सत्यवती ने अम्बालिका से आग्रह किया। उसने अम्बालिका के मन में

---

1. व्यास महाभारत में अपने पिता का सत्यवती के प्रति प्रेम जानकर भीष्म विवाह का प्रस्ताव लेकर उसके पिता के पास गये। सत्यवती के पिता ने शर्त रखी कि शान्तनु के बाद सत्यवती के पुत्र का उत्तराधिकार निश्चित हो। उन्हें आश्वस्त करने के लिए भीष्म ने आजीवन अविवाहित रहने का प्रण लिया।

अम्बिका के प्रति ईर्ष्या का भाव जगाते हुए कहा कि जबकि अम्बिका के एक पुत्र हो चुका है उसे भी अपनी सन्तान के लिए प्रयास करना चाहिए। अम्बिका के पुत्र के अन्धे होने के कारण अब उसका होने वाला पुत्र ही राजा बनेगा। अम्बालिका राज़ी हो गयी। उसने पाण्डु को जन्म दिया लेकिन आत्मग्लानि के चलते एक दिन उसने गंगा में डूब कर आत्महत्या कर ली।

अम्बालिका के अलावा विचित्रवीर्य की एक और पत्नी अम्बुवती थी। उसका पिता हरिकेशर का शूद्र राजा था। अम्बुवती ने सत्यवती की काफ़ी सेवा की थी जिस कारण से सत्यवती उससे अत्यधिक प्रसन्न थी। अम्बिका और अम्बालिका के पुत्र हो चुके थे लेकिन अम्बुवती सन्तानहीन रह जाने से नाख़ुश थी। उसकी अप्रसन्नता को महसूस कर सत्यवती ने व्यास से अम्बुवती को उपकृत करने को कहा। फलस्वरूप अम्बुपती को एक पुत्र हुआ जिसका नाम व्यास ने विदुर रखा।

इसके काफ़ी समय के बाद सत्यवती का कथा में पुनरागमन हुआ जब वह एक शुभ अवसर पर अपने पति ऋषि पारेश्वर, भीष्म, पाण्डु और अन्य कौरव परिजनों के साथ गंगा स्नान के लिए गयी। वहाँ उसकी भेंट कुन्ती और उसके माता–पिता के साथ हुई। सत्यवती को कुन्ती पसन्द आ गयी। और ऋषि पारेश्वर की सलाह पर कुन्तिभोज ने अपनी पुत्री कुन्ती का विवाह कौरव राजकुमार पाण्डु के साथ करवा दिया। इसके बाद सत्यवती का कथा में ज़िक्र नहीं आता है। उसका ज़िक्र तब भी नहीं होता है जब पाण्डु और माद्री की मृत्यु के बाद कुन्ती राजमहल वापस आती है और न ही तब जब दुर्योधन की पत्नी भानुमती और पाण्डवों की पत्नी द्रौपदी का राजमहल में स्वागत होता है। सत्यवती कथा में उसी तरह ग़ायब हो जाती है जिस तरह से आयी थी।

चित्रवीर्य और विचित्रवीर्य स्त्री गर्भ से पैदा नहीं हुए थे। इस वजह से सत्यवती उनकी माँ नहीं थी। उसने उनका लालन–पालन किया था। इस कारण सत्यवती के पास उनकी पत्नियों की सास

होने का अधिकार था। सारला महाभारत में चित्रवीर्य और विचित्रवीर्य और उनकी विधवाओं के जीवन में सत्यवती की भूमिका लगभग व्यास महाभारत जैसी है। लेकिन सारला की सत्यवती के साथ सम्बन्ध बनाने वाले ने उसका त्याग नहीं बल्कि उसके साथ विवाह किया था। उसके विवाह में भी कोई परेशानी नहीं आती और उसे अपने पिता का आशीर्वाद भी मिलता है। वह पति ऋषि पारेश्वर और पुत्र ऋषि व्यास के साथ सुखपूर्वक रहती है। सत्यवती का मानना था कि उसके पुत्र ने सामाजिक तिरस्कार और आध्यात्मिक पतन से उसका संरक्षण किया था।

व्यास महाभारत के विपरीत सारला की कथा में सत्यवती हस्तिनापुर के भाग्य को निर्धारित करने वाली घटनाओं का केन्द्र बिन्दु नहीं थी और न ही वह कौरव परिवार में आने वाली अनगिनत जटिलताओं और तनाव का कारण बनी।

श्राप, वरदान और नियति से बँधे दो महाबली

अपने बड़े भाई धृतराष्ट्र के लिए हस्तिनापुर के सिंहासन का त्याग करने के बाद पाण्डु शतश्रृंग पर्वत के जंगलों में अपनी पत्नी कुन्ती के साथ रह रहे थे। उनके पुत्र युधिष्ठिर का जन्म हो चुका था। लेकिन धृतराष्ट्र और गान्धारी को अभी तक सन्तान नहीं हुई थी। इस कारण से दोनों चिन्तित थे। उन्होंने ऋषि व्यास से उपाय पूछा। ऋषि ने यज्ञ करने की सलाह दी।[1]

यज्ञ सफल नहीं हुआ लेकिन गान्धारी की सेवा से प्रसन्न होकर ऋषि दुर्वासा ने उससे आशीर्वाद माँगने को कहा। गान्धारी ने सौ पुत्र होने का आशीर्वाद माँगा जिससे दुर्योधन समेत उसके सौ पुत्रों का जन्म हुआ। जब विदुर ने दुर्योधन के लक्षण देखे तो उन्होंने आशंका ज़ाहिर की कि वो आगे चल कर कुरुवंश के विनाश का कारण बनेगा और उसे मार डालने की सलाह दी। राजा धृतराष्ट्र परेशान हो गये और उन्होंने ऋषि व्यास को बुलाया। उनके आने पर धृतराष्ट्र ने शिशु दुर्योधन को उनकी गोद में दिया और उनसे दुर्योधन को आशीर्वाद देने के लिए प्रार्थना की। ऋषि ने दुर्योधन को युद्ध में अजेय रहने और राजा बनने का आशीर्वाद दिया। उन्होंने दुर्योधन के शरीर पर अपनी उँगलियों को फिराया जिससे उसे असीम बल मिला। लेकिन उसकी जाँघें ऋषि के स्पर्श से वंचित रह गयीं।

1. व्यास महाभारत में युधिष्ठिर का जन्म गान्धारी को गर्भ धारण किये हुए एक वर्ष बीत जाने के बाद लेकिन दुर्योधन के जन्म के पहले हुआ था।

अचानक ऋषि व्यास की गोद में शिशु ने रोना शुरू कर दिया और उसने अपना दायाँ पैर ऋषि की छाती पर रख दिया। असीम बल का आशीर्वाद पा चुके दुर्योधन के पैर मारने का असर इतना अधिक था कि ऋषि गिर पड़े और अचेत हो गये। जब उन्हें चेतना आयी तो उन्होंने शिशु दुर्योधन को श्राप दिया कि उसका यह पैर युद्ध में बुरी तरह तोड़ा जायेगा। यह एक भयानक श्राप था, जिसकी वजह से दुर्योधन को महाभारत के युद्ध के अन्त में धीमी और दर्दनाक मृत्यु का सामना करना पड़ा। इसी के प्रभाववश भीम ने कौरव सभा में दहाड़ कर दुर्योधन की जंघा तोड़ने की प्रतिज्ञा ली थी और कुरुक्षेत्र के युद्ध में उसने ऐसा ही किया। संयोगवश भीम ने दुर्योधन के ऊपर घातक प्रहार अपनी गदा से नहीं बल्कि कृष्ण (विष्णु) की कौमोदकी से किया था। लेकिन वह स्वयं इस बात से पूरी तरह से अनजान था। ऋषि व्यास के श्राप ने भीम को दुर्योधन से जोड़ दिया जबकि उनके संचित कर्मों में दुःशासन और द्रौपदी की तरह ऐसा कुछ भी नहीं था जो उन्हें आपस में बाँध सके।

दुर्योधन के जन्म का कारण शूद्रक ब्रह्मा द्वारा दिया गया श्राप था। भूत–भविष्य के ज्ञाता ऋषि व्यास यह बात जानते थे कि दुर्योधन कोई और नहीं बल्कि प्रत्यक्ष पन्नग नारायण का अवतार है।[1] पन्नगबन्ध नाम के बैकुण्ठ में पन्नग विष्णु का आसन है। सतयुग में शूद्रक नामक ब्रह्मा ने पन्नग नारायण को प्रसन्न करने के लिए कठोर तपस्या की। पन्नग नारायण ने उनकी तपस्या का तो कोई फल नहीं दिया लेकिन अपनी पत्नी भानुमती कमला को भेजकर उनकी तपस्या भंग कर दी। जब शूद्रक ब्रह्मा को इसका अहसास हुआ तो उन्होंने पन्नग नारायण और भानुमती को मानव–योनि में पैदा होने का श्राप दे दिया। उनके क्षमा माँगने पर शूद्रक ब्रह्मा ने आश्वासन दिया कि वे धरती पर वैभवशाली जीवन जियेंगे। भानुमती धरती पर भी उनकी पत्नी बनेंगी। उनका क़द इतना ऊँचा होगा कि उन्हें कभी किसी

1. व्यास महाभारत में दुर्योधन कलि के अंश से उत्पन्न हुआ था।

मनुष्य या फिर देवता के सामने झुकना नहीं पड़ेगा। अगर कोई उन्हें अपने आगे झुकाने का प्रयास करेगा तो वह स्वंय भस्म हो जायेगा। यह आख़िरी आश्वासन वरदान ही था लेकिन इसकी परिणति दुर्योधन के लिए अभिशाप के रूप में रही।

दुर्योधन ने कभी किसी को झुक कर प्रणाम नहीं किया। यह कहना सही नहीं होगा कि उसका अहंकार इसकी वजह था क्योंकि उसने कभी अपने माता–पिता को भी झुक कर प्रणाम नहीं किया था। यह स्पष्ट नहीं है कि उसे शूद्रक ब्रह्मा के वरदान की स्मृति थी जिस कारण से वह सामने वाले की कुशलता के लिए ऐसा करता था। सभी दुर्योधन के इस रुख से परिचित थे। लेकिन उसके गुरु भगवान बलराम को उसके इस व्यवहार की जानकारी निश्चित रूप से नहीं थी जिसका खामियाज़ा दुर्योधन को भुगतना पड़ा। जब भीम और दुर्योधन के निर्णायक युद्ध के बीच में भगवान बलराम आये तो उनकी मंशा दुर्योधन की मदद करने की थी। लेकिन जल्दी ही उन्होंने अपना इरादा त्याग दिया क्योंकि उनके आने पर पाण्डव और कृष्ण ने तो उन्हें बारम्बार प्रणाम किया लेकिन दुर्योधन एक बार भी उनके आगे नहीं झुका। उन्होंने पाण्डवों को आशीर्वाद दिया लेकिन दुर्योधन को फटकार दिया।

शूद्रक ब्रह्मा के श्राप की वजह से दुर्योधन का जन्म तो हुआ लेकिन उनका श्राप दुर्योधन की दर्दनाक मौत का कारण नहीं था। ऋषि व्यास के श्राप ने दुर्योधन का अन्त लिखा और इस श्राप को परिणाम तक पहुँचाने वाले भीमसेन के जन्म में भी ऋषि व्यास ने महत्त्वपूर्ण भूमिका निभायी। उन्होंने ही पाण्डु और कुन्ती को बताया कि गान्धारी के पुत्र बहुत शक्तिशाली एवं दुष्ट होंगे और उनकी सन्तान को उसका राज्य नहीं देंगे। उन्होंने कुन्ती को पवन देव का आह्वान करने की सलाह दी, क्योंकि उनसे हुआ पुत्र अत्यन्त बलशाली होगा और अकेले ही गान्धारी के सौ पुत्रों को हराने में सक्षम होगा।[1]

1. व्यास महाभारत में पाण्डु की सलाह पर कुन्ती ने पवन देव का आह्वाहन किया था और जिस दिन भीम का जन्म हुआ था उसी दिन दुर्योधन का भी जन्म हुआ था।

दुर्योधन और दुःशासन की तरह पवन पुत्र भीम को भी जन्म के तुरन्त बाद श्राप मिला था लेकिन उसकी नियति को कुछ और ही मंजूर था। नवजात भीम के पैर के अँगूठे के लगने मात्र से ही शतश्रृंग पर्वत टूट गया। पर्वतराज क्रोधित हो गये और उन्होंने श्राप दिया कि उसका प्रथम प्रहार उन पर होने के कारण वह युद्ध पहली बार में हार जायेगा। लेकिन कुन्ती ने हिम्मत नहीं हारी उसने अपने अबोध शिशु को दिये गये श्राप का प्रतिवाद किया। तब पर्वतराज ने आश्वासन दिया कि हर युद्ध में वह अपना प्रथम दाँव हारेगा ज़रूर लेकिन दूसरी बार में वे इसके शरीर में वास करेंगे जिस वजह से इसे कोई हरा नहीं पायेगा। इस वरदान ने भीम के जीवन को अलग मोड़ दे दिया।[1]

1. व्यास महाभारत में पर्वतराज ने भीम को श्राप नहीं दिया था।

जुझेष्ठि कौन?

अन्य महाभारतों की तरह सारला महाभारत में भी कर्ण एक पराक्रमी योद्धा, महान दानवीर और दुर्योधन का अभिन्न मित्र है। लेकिन सारला महाभारत में सभी जानते थे कि कर्ण कुन्ती का पुत्र है। इस कारण से कर्ण के जीवन से जुड़े अनेक प्रसंग सारला महाभारत में व्यास महाभारत से भिन्न हैं।

ऋषि दुर्वासा के मन्त्र को परखने के लिए कुन्ती सूर्यदेव का आह्वान कर बैठी। जब उसे अपनी भूल का अहसास हुआ, उसने अपने अविवाहित होने का तर्क देते हुए सूर्यदेव से लौटने के लिए कहा। किन्तु सूर्यदेव ऋषि के मन्त्र से बँधे थे। कुन्ती ने कान के माध्यम से एक पुत्र को जन्म दिया जिसे सूर्यदेव ने उपहार में अभेद्य कवच और कुण्डल दिये। लेकिन कुन्ती ने लोक–लाज के भय से कर्ण को टोकरी में रख कर गंगा में बहा दिया। नवजात कर्ण राधा नाम की सेविका को मिला। इस तरह राधा और उसका सारथी पति कर्ण का लालन–पालन करने लगे।

एक दिन राजमहल में कुन्ती को राधा मिली। जब राधा कुन्ती को अपने पुत्र के बारे में बताने लगी तो कुन्ती को यह समझने में देर नहीं हुई कि राधा का पुत्र कोई और नहीं बल्कि उसकी पहली सन्तान कर्ण है। कुन्ती युधिष्ठिर, भीम और अर्जुन को लेकर कर्ण से मिलने गयी। सभी प्रसन्न थे। लेकिन जब कुन्ती ने युधिष्ठिर का नाम जुझेष्ठि बताया तो बालक कर्ण कुन्ती से नाराज़ हो गया कि यह जानते हुए भी कि वह उसका ज्येष्ठ पुत्र है, उसने युधिष्ठिर को बड़े

पुत्र का स्थान दे दिया। कर्ण ने आवेश में आकर युधिष्ठिर को मार कर अपना अधिकार वापस लेने की बात कह दी। कुन्ती ने प्रत्युत्तर में कुछ नहीं कहा और वहाँ से चली गयी।

इसके बाद पाण्डवों से कर्ण का सामना द्रोण के गुरुकुल में हुआ।[1] कर्ण अर्जुन की तरह ही प्रतिभावान था और उसे अर्जुन से कभी ईर्ष्या नहीं रही। लेकिन दुर्योधन का अभिन्न मित्र और प्रमुख सलाहकार होने की वजह से कर्ण और अर्जुन के सम्बन्ध कभी मधुर भी नहीं रहे। शायद इसका कारण पाण्डवों में अर्जुन का सबसे अच्छा तीरन्दाज़ होना था। सारला की कथा में गुरु द्रोण ने कभी अर्जुन को विश्व का सबसे महान धनुर्धर होने का आशीर्वाद नहीं दिया था और न ही अर्जुन ने उनसे कभी ऐसा कुछ माँगा था। इसी तरह कर्ण को भी कभी भी सूतपुत्र कह कर अपमानित नहीं किया गया क्योंकि सभी जानते थे कि वह कुन्ती का पुत्र है।[2] द्रौपदी के स्वयंवर में कर्ण स्वयं के लिए नहीं बल्कि दुर्योधन के प्रतिनिधि के रूप में गया था। हालाँकि वह लक्ष्य को भेदने में असफल रहा। इसी तरह पासे के खेल के बाद द्रौपदी के अपमान में भी कर्ण की कोई भूमिका नहीं थी। जब युधिष्ठिर ने युद्ध के मैदान में कर्ण से पाण्डवों की तरफ़ आने के लिए कहा तो कर्ण ने अपनी मित्रता का हवाला देते हुए इनकार कर दिया लेकिन साथ में उसने पाण्डवों को विजय का आशीर्वाद दिया। यह बात और है कि पाण्डवों की विजय का मार्ग प्रशस्त करने के लिए कर्ण ने कुछ खास नहीं किया।

---

1. सारला की कहानी में कर्ण को द्रोण से शिक्षा मिली थी जबकि व्यास महाभारत में वह महर्षि परशुराम का शिष्य था।

2. अकादेमी के हिन्दी संस्करण के आदि पर्व के अनुसार अस्त्र परीक्षा के दौरान जब कर्ण ने अर्जुन के समतुल्य योग्यता का प्रदर्शन किया तो दुर्योधन ने प्रसन्न होकर उसे अंग देश का राजा बना दिया। कर्ण ने अर्जुन को मुक़ाबला करने की चुनौती दी जिस पर कृपाचार्य ने हस्तक्षेप करते हुए कर्ण को सारथि पुत्र होने की याद दिलायी। कर्ण को अपमान का अहसास हुआ। इसके बाद भीम ने भी कर्ण पर सूतपुत्र होने का ताना मारा।

युद्ध शुरू होने से पहले कृष्ण और पाण्डवों ने कुन्ती और विदुर को कर्ण के पास भेजा। वे चाहते थे कि कर्ण दुर्योधन का साथ छोड़ कर उनकी तरफ़ आ जाये। हालाँकि उन्हें पता था कि कर्ण ऐसा नहीं करेगा। इसीलिए उन्होंने कर्ण के मना करने की स्थिति में कुन्ती से उसके दिव्य तीर माँगने और अर्जुन के अलावा किसी अन्य पाण्डव को न मारने का वचन लेने के लिए कहा। कुन्ती ने ऐसा ही किया। उसने कर्ण से वचन लिया कि वह युद्ध में अर्जुन के अलावा किसी अन्य पाण्डव को नहीं मारेगा। यह वह वचन था जिसके बारे में कर्ण ने अपने मित्र दुर्योधन को भी नहीं बताया था। कर्ण ने इस वचन का मान युद्ध में रखा। गुरु द्रोण की मृत्यु के बाद जब कर्ण कौरव सेना का सेनापति बना, उसने चारों पाण्डवों को बड़ी सरलता से युद्ध में हरा दिया लेकिन फिर भी उसने उनका वध नहीं किया। युद्ध की परिस्थितियाँ बदल जातीं अगर कर्ण किसी भी पाण्डव को मार देता। लेकिन उसका लक्ष्य सिर्फ़ अर्जुन था।

कर्ण की कुन्ती से हुई पहली मुलाक़ात सुखद नहीं थी जिस कारण से वह पाण्डवों के साथ रह कर बड़ा नहीं हुआ। लेकिन दुर्योधन से उसकी मित्रता बचपन से थी। बाद में दुर्योधन के राजा बनने पर वह उसका प्रमुख सलाहकार बना और उसके लिए पूरी निष्ठा के साथ युद्ध में लड़ा। दानवीर कर्ण ने हमेशा धर्म का पालन किया लेकिन वह कभी अपने अभिन्न मित्र दुर्योधन को अधर्म करने से रोक नहीं पाया।

पाण्डु के इकलौते पुत्र की माँ

एक दिन ज्योतिषपुर के राजा भगवान शिकार खेलने के लिए शतशृंग पर्वत के जंगलों में गये। वहाँ उनकी भेंट पाण्डु से हुई और उन्होंने अपनी पुत्री माद्री का विवाह पाण्डु से करवाने का निश्चय किया। माद्री की माँ अप्सरा थी जो इन्द्र द्वारा शापित होने के कारण मनुष्य रूप में जन्मी थी।[1]

इस तरह पाण्डु के जीवन में दूसरी पत्नी माद्री आयी। इसके अलावा हम माद्री और पाण्डु के विवाह के बारे में कुछ नहीं जानते हैं। क्या कुन्ती ने विवाह को लेकर कोई आपत्ति की थी? सारला इस विषय में मौन हैं।

जल्द ही पाण्डु के जीवन में वह क्षण भी आ गया जब उन्हें महर्षि अग्निकार ने श्राप दिया कि उनकी मृत्यु मिलन के दौरान होगी।[2] इससे बचने के लिए पाण्डु ने अपनी पत्नियों के समीप जाना छोड़ दिया। लेकिन उन्हें सन्तान न होने की चिन्ता सताने लगी। उन्हें इस बात का भय था कि निःसन्तान मरने पर उन्हें परलोक में कष्ट भोगना पड़ेगा।

एक दिन ऋषि अगस्ति पाण्डु से मिलने आये। उन्होंने पाण्डु से चिन्तित न होने के लिए कहा और कुन्ती को ऋषि दुर्वासा से मिली माला और मन्त्र के बारे में उन्हें बताया। उन्होंने कहा, "कुन्ती जिस

1. व्यास महाभारत में भीष्म के कहने पर मद्र नरेश राजा शल्य ने अपनी बहन माद्री और पाण्डु के विवाह के प्रस्ताव को स्वीकार किया था।

2. व्यास महाभारत में यह श्राप ऋषि किंदम ने दिया था।

किसी भी पुरुष या देवता का चयन करेगी वह उसे मना नहीं कर सकेगा। अगर वह इनकार करता है तो उसका अस्तित्व समाप्त हो जायेगा, चाहे ब्रह्मा हो या इन्द्र अथवा विष्णु ही क्यों न हो। कुन्ती अपने मन्त्र का प्रयोग करके किसी भी देवता से सन्तान प्राप्त कर सकती है। और बिना विवाह के बने इस सम्बन्ध का दोष भी उसे नहीं लगेगा।" ऋषि अगस्ति ने कुन्ती को बताया कि उसे तीन पुत्र होंगे जिनके लिए उसे सर्वप्रथम धर्मदेव फिर पवनदेव और अन्त में तीसरे पुत्र के लिए देवराज इन्द्र का आह्वान करना होगा। उसके बाद उसे यह मन्त्र माद्री को देना होगा। ऋषि अगस्ति ने माद्री को अश्विनी कुमार को आकर्षित करने के लिए विशेष लेप भी दिया। उन्होंने माद्री को कुन्ती की ईमानदारी और निष्ठा भाव से सेवा करने और कुन्ती को माद्री के प्रति दयालु रहने की सलाह दी।

यहाँ से माद्री के जीवन की छोटी–सी कहानी शुरू होती है। एक दिन माद्री की सेवा और समर्पण भाव से प्रसन्न कुन्ती ने माद्री को पुरस्कार देने का निश्चय किया। उसने उसे ऋषि दुर्वासा द्वारा दी गयी माला और मन्त्र देते हुए बताया कि इसके ज़रिये वह अपनी पसन्द के किसी भी देवता को बुला सकती है। उस दिन सूरज ढलने के पश्चात् कुन्ती ने माद्री को तैयार किया। माद्री जो स्वाभाविक रूप से सुन्दर थी तैयार होने के बाद और भी आकर्षक लग रही थी।

माद्री को अवसर मिलने का अहसास हुआ। कुन्ती इन्द्रदेव, पवनदेव और धर्मदेव का आह्वाहन कर चुकी थी। उनसे ज़्यादा शक्तिशाली देवता कोई और न थे। ऐसे में माद्री ने विष्णु का आह्वान करने का सोचा ताकि उसका पुत्र कुन्ती और गान्धारी के पुत्रों से ज़्यादा शक्तिशाली हो और विश्व पर राज कर सके। उसने विष्णु का आह्वान किया और तब कृष्ण प्रकट हुए।

सारला की कहानी में जब भी कृष्ण का आगमन होता है, कहानी में हमेशा नाटकीय मोड़ आ जाता है। इससे पहले कुन्ती ने जिस भी देवता का आह्वान किया वह कुन्ती को सन्तान देकर वैसे ही चला

गया जैसे आया था। हालाँकि विवाह के पूर्व जब उत्सुकतावश कुन्ती ने मन्त्र को परखने के लिए सूर्य देवता का आह्वान किया था तब ज़रूर घटनाक्रम नाटकीय था। कुन्ती सूर्यदेव को अपने अविवाहित होने का हवाला देते हुए सम्बन्ध न बनाने को कहती है। सूर्यदेव कुन्ती की परिस्थितियों को समझते हैं लेकिन अपनी असमर्थता ज़ाहिर करते हैं कि अगर वे ऋषि दुर्वासा के मन्त्र की अवहेलना करते हैं तो उनका अस्तित्व समाप्त हो जायेगा। सूर्यदेव ऋषि दुर्वासा का मन्त्र निष्प्रभावी नहीं कर सकते थे लेकिन फिर भी उन्होंने कुन्ती की यथा सम्भव सहायता की। उनसे कुन्ती को एक पुत्र हुआ जिसका नाम कर्ण रखा गया। पर कृष्ण के आह्वान के समय माद्री के सामने ऐसी परिस्थितियाँ नहीं थीं। लेकिन क्या सारला अपने प्रभु श्रीकृष्ण का इतना संक्षिप्त उल्लेख करके छोड़ सकते थे? या फिर क्या वे अपने प्रभु जो सम्पूर्ण ब्रह्माण्ड के नियन्त्रण कर्ता हैं उनको किसी भी मन्त्र के वश में दिखा सकते थे?

कृष्ण ने माद्री से कहा कि वे धर्म के उपासक हैं। और युधिष्ठिर धर्मदेव के पुत्र हैं। उनमें उनका अंश है। इस नाते से उनकी माँ कुन्ती उनके गुरु की पत्नी अर्थात् माता की तरह हैं। ऐसे में माद्री भी उनके लिए माता तुल्य हैं। उन्होंने माद्री से प्रश्न किया, "उनका आह्वान करने से पूर्व उसने इस बात पर विचार क्यों नहीं किया।" बेचारी माद्री कुछ भी न कह सकी।

दूसरी तरफ़ जब कुन्ती ने कृष्ण को देखा तो सबसे पहला विचार उसके मन में यह आया कि माद्री का पुत्र उसके पुत्रों से ज़्यादा शक्तिशाली होगा और फिर वही राजा बनेगा। जब कृष्ण ने कुन्ती को देखा तो उन्होंने उससे कहा कि एक तरफ़ वे ऋषि दुर्वासा के मन्त्र से बँधे हुए हैं तो दूसरी तरफ़ धर्म से। तब कुन्ती ने माद्री से किसी और देवता का आह्वान करने को कहा। लेकिन कृष्ण ने कहा कि वे ऋषि दुर्वासा की अवहेलना नहीं कर सकते हैं, अगर वे ऐसा करते हैं तो उनका अस्तित्व समाप्त हो जायेगा। कृष्ण ने कुन्ती से ऋषि दुर्वासा का स्मरण करने को कहा, क्योंकि अब वे ही उनकी समस्या का निवारण कर सकते थे।

ऋषि का आगमन हुआ। कृष्ण को देख उन्होंने माद्री से कहा कि प्रभु श्री नारायण का आह्वान करके उसने ठीक नहीं किया। हालाँकि वे कोई कारण नहीं बताते हैं और न ही कृष्ण द्वारा दिये गये तर्क से सहमति व्यक्त करते हैं। शायद उनका सोचना था कि परम प्रभु श्री नारायण को इस तरह के सांसारिक बन्धन में बाँधना उचित नहीं होगा। वे कृष्ण को मुक्त कर देते हैं और माद्री से किसी और को बुलाने के लिए कहते हैं। इस तरह ऋषि दुर्वासा ने कृष्ण को धर्म संकट से बचा लिया। वैसे भी कृष्ण अगर किसी बात को लेकर अनिच्छुक हैं तो फिर उन्हें कौन बाध्य कर सकता है।

उसके बाद एक रात जब पाण्डु जंगल को गये हुए थे तब माद्री ने सूर्यपुत्र अश्विनी कुमार का आह्वान किया। अश्विनी कुमार कामदेव की तरह बेहद आकर्षक और सुन्दर थे। माद्री उन्हें देख कर बहुत प्रसन्न हुई और उनसे उसे एक पुत्र हुआ, जिसका नाम उन्होंने नकुल रखा।

कुछ समय के बाद माद्री को जीवन की उस त्रासदी का सामना करना पड़ा जो उसकी और पाण्डु की मृत्यु का कारण बनी। कुन्ती चारों बच्चों के साथ हस्तिनापुर गयी हुई थी। रात का समय था। माद्री घर पर अकेली थी। वह एक नवयुवती थी और शायद कुन्ती की तरह मज़बूत नहीं थी। बिस्तर पर लेटे हुए वह अपने पति को याद कर रही थी कि अनजाने में उसका हाथ ऋषि दुर्वासा की माला पर पड़ गया। फलस्वरूप तुरन्त ही पाण्डु को आना पड़ा। उसने चौंक कर पाण्डु से अचानक आने का कारण पूछा। पाण्डु ने जवाब दिया कि वे स्वेच्छा से नहीं आये हैं, उन्हें ऋषि दुर्वासा के मन्त्र ने आने के लिए विवश किया। माद्री ने प्रतिवाद किया कि उसने उनका आह्वान नहीं किया था। पर ऋषि दुर्वासा के मन्त्र के सामने माद्री की इच्छा–अनिच्छा मायने नहीं रखती थी।

इस कठिन पल में पाण्डु को आने वाली मृत्यु का आभास हो गया। उन्हें अहसास हुआ कि अपने अन्तिम समय में वे अपने बच्चों को देख नहीं पायेंगे। माद्री ने प्रतिरोध किया लेकिन पाण्डु

का स्वयं पर नियन्त्रण नहीं था। जब देवता तक ऋषि दुर्वासा के मन्त्र के आगे विवश हो गये तो फिर पाण्डु तो मनुष्य थे। नियति का चक्र घूम रहा था। पाण्डु ने बल से माद्री को वश में किया। जैसे ही उनका मिलन हुआ, आकाश से एक तीर पाण्डु को चीरते हुए माद्री की छाती में जा लगा। दोनों की उसी समय मृत्यु हो गयी।[1] उनके मिलन से एक पुत्र हुआ। लेकिन उस समय वहाँ उस नवजात बालक पर ध्यान देने वाला कोई नहीं था। जब सूर्यदेव ने यह देखा तो उन्होंने अपने पुत्र अश्विनी कुमार को नवजात बालक की देखभाल हेतु भेजा। लेकिन तब तक नवजात बालक माँ का दूध न मिलने से निष्प्राण हो चुका था। यह देखकर अश्विनी कुमार दुखी हो गये और उन्होंने नवजात बालक को जीवित करने के लिए अपनी आधी आत्मा उसके शरीर में डाल दी। अपनी आत्मा साझा करने के कारण उन्होंने उस बालक का नाम सहदेव रखा और उसे भूत–भविष्य के ज्ञानी होने का आशीर्वाद दिया। सारला की कहानी में नकुल के पिता अश्विनी कुमार और सहदेव के पिता पाण्डु थे जबकि व्यास महाभारत में माद्री को अश्विनी कुमार से जुड़वाँ पुत्र नकुल और सहदेव प्राप्त हुए थे।

माद्री के जीवन का विवरण उसके पाण्डु के जीवन में आने के बाद शुरू होता है और पाण्डु की मृत्यु के साथ ही समाप्त हो जाता है। वह सरल हृदय की स्त्री थी। भले ही कुन्ती और माद्री के बीच ईर्ष्या भाव रहा हो पर वह कभी भी सामने नहीं आया और उनके बीच हमेशा स्नेह बना रहा। वह भाग्यशाली थी कि उसकी मृत्यु उसके पति के साथ हुई थी। अगर वह जीवित रहती तो स्वयं को अपने पति की मृत्यु के लिए दोषी मानती। वह इतनी परिपक्व नहीं थी कि यह समझ सके कि जो कुछ भी हुआ था उसका कारण वह नहीं थी। यह सब नियति का खेल था वह तो बस एक कठपुतली मात्र थी।

---

1. व्यास महाभारत में माद्री पाण्डु की चिता पर सती हुई थी।

देखा जाये तो माद्री की मृत्यु दो बार हुई, पहली तीर लगने पर और दूसरी चिता पर। अपनी चिता पर राख में बदलने के बाद वह पूर्णतः भुला दी गयी। कुन्ती ने उसके बच्चों का बहुत अच्छे से लालन–पालन किया। युधिष्ठिर ने भी कभी उन्हें अपने से अलग नहीं समझा। उसके पुत्र कुन्ती के परिवार में घुल–मिल गये। और माद्री जो पाण्डु के इकलौते पुत्र की माँ थी बड़ी सहजता के साथ कहानी से ग़ायब हो गयी।

गान्धारी का दर्प भंजन

पाण्डु और माद्री की मृत्यु के बाद कुन्ती जंगल में अकेली पड़ गयी, फिर भी वह हस्तिनापुर राजमहल में नहीं आना चाहती थी। वह गान्धारी और उसके पुत्रों को लेकर सशंकित थी। लेकिन धृतराष्ट्र और गान्धारी के बारम्बार आग्रह करने और भीष्म के आश्वासन देने पर वह अपने और माद्री के बच्चों के साथ राजमहल रहने के लिए आ गयी। विधवा और पाँच अनाथ बच्चों की माँ कुन्ती जहाँ राजमहल में परिवार की एक सदस्य मात्र थी, वहीं उसकी जेठानी गान्धारी महारानी थी। कुन्ती ने अपनी परिस्थितियों के साथ समझौता कर लिया था। दूसरी तरफ़ शाही ऐश्वर्य में मग्न गान्धारी यह भूल चुकी थी कि कुन्ती के पति पाण्डु ने अपने अन्धे भाई धृतराष्ट्र के प्रति असीम स्नेह के चलते सिंहासन त्याग दिया था। एक दिन कुन्ती और गान्धारी के बीच मन्दिर में पूजा करने को लेकर विवाद हुआ।[1]

गान्धारी और कुन्ती प्रतिदिन स्नान के लिए भागीरथी नदी को जाती थीं। परिचारिकाओं से घिरी गान्धारी शाही शान–शौक़त के साथ वहाँ पहुँचती थी। लेकिन कुन्ती अकेले ही जाती थी। स्नान के बाद दोनों नीलोत्पल पर्वत के नीचे स्थित विराजेश्वर मन्दिर में पूजा करती थीं। कुन्ती रात्रि के प्रथम प्रहर में और गान्धारी प्रातः

---

1. कुन्ती और गान्धारी के बीच हुए मन्दिर विवाद का वर्णन आदि पर्व में मिलता है। साथ में अकादेमी के हिन्दी संस्करण के मध्य पर्व के परिशिष्ट में भी इस घटना का थोड़ा–सा अलग लेकिन विस्तृत विवरण मिलता है, जो इस कहानी का मूल स्रोत है। व्यास महाभारत में ऐसा कोई प्रसंग नहीं है।

काल में मन्दिर जाती थी। इस कारण से दोनों का कभी मिलना नहीं हुआ और न ही उन दोनों को एक–दूसरे के वहाँ जाने की कोई जानकारी थी।

कुन्ती नित्य शिवलिंग की पूजा करती थी। एक दिन कुन्ती के जाने के ठीक बाद गान्धारी पहुँची। पहले से हो चुकी लिंग पूजा को देख कर गान्धारी क्रोधित हो गयी।[1] उसने अपनी दासियों और परिजनों से पूछा कि जम्बूद्वीप में कौन उससे पहले शिवलिंग की पूजा कर रहा है। किसी को भी इस बारे में कुछ नहीं पता था। गान्धारी जानती थी कि विराजेश्वर मन्दिर में लिंग पूजा करने वाला सप्तद्वीप का राजा बनता है। इसलिए उसने उस अनजान व्यक्ति की पूजा भंग करने का उपाय दुर्योधन से पूछा। दुर्योधन ने कुन्ती के बारे में बताया और गान्धारी को पूजा में सोने के सौ चम्पक फूल शिवलिंग पर चढ़ाने की सलाह दी। उसकी योजना इस तरह से पाण्डवों के स्वर्ण भण्डार को ख़ाली करने की थी।

इस घटना के एक दिन बाद ही कुन्ती और गान्धारी का आमना–सामना हो गया। गान्धारी कुन्ती को देख कर आग बबूला हो गयी। "तुम्हारी मन्दिर में पूजा करने की हिम्मत कैसे हुई," गान्धारी चिल्लायी। कुन्ती कोई कमजोर स्त्री तो थी नहीं कि गान्धारी के कटु वचन बर्दाश्त कर लेती। वह भी पलटकर गान्धारी पर चिल्लायी। बात का बतंगड़ बन गया और उन दोनों की बीच में धक्का–मुक्की शुरू हो गयी। उनके झगड़े को शान्त कराने के लिए भगवान शिव को स्वयं आना पड़ा। उन्होंने कहा कि अगले दिन सुबह जो भी सबसे पहले उन्हें सोने के सहस्त्र चम्पक के फूल भेंट करेगा, वही इस मन्दिर में उनकी पूजा करने का अधिकारी होगा।[2]

---

1. अकादेमी के हिन्दी संस्करण के आदि पर्व की कहानी में एक रविवार को कुन्ती और गान्धारी बिना एक–दूसरे की जानकारी के अलग–अलग यमुना नदी के तट पर स्थित रत्नेश्वर मन्दिर के दर्शन करने गयीं। जब गान्धारी को कुन्ती के वहाँ होने की सूचना मिली तो वह उस पर क्रोधित हो गयी।

2. अकादेमी के हिन्दी संस्करण के आदि पर्व की कहानी में भगवान शिव ने सोने के सौ चम्पक फूल लाने के लिए कहा।

कुन्ती और गान्धारी दोनों ही महल वापस आ गयीं। कुन्ती बहुत दुखी थी। युधिष्ठिर ने कुन्ती से उसके दुख का कारण पूछा। कुन्ती ने गान्धारी से हुए विवाद की बात अपने पाँचो पुत्रों को बतायी।[1] अर्जुन ने कुन्ती से परेशान न होने के लिए कहा। लेकिन कुन्ती ने उत्तर दिया, "गान्धारी के तो सौ पुत्र हैं। अगर वह अपने सभी पुत्रों से दस–दस फूल भी लेती है तो उसके पास हज़ार चम्पक फूल आसानी से हो जायेंगे। लेकिन मेरे तो केवल पाँच ही पुत्र हैं। मैं कहाँ से हज़ार फूल ला पाऊँगी।" यह सुनकर अर्जुन ने कुन्ती से वायदा किया कि वह मन्दिर को स्वर्ण पुष्पों से ढँक देगा।

अगले दिन पूजा के समय पर अर्जुन ने इन्द्रदेव का ध्यान करके उनके पास मनभेदी बाण भेजा।[2] फलस्वरूप इन्द्रदेव ने कुबेर से मन्दिर पर चम्पक के फूलों की वर्षा करने को कहा। मन्दिर की अट्टालिका स्वर्ण पुष्पों से ढँक गयी। जब गान्धारी फूलों को लेकर मन्दिर पहुँची तो उसने हर जगह सोने के फूल बिखरे पड़े देखे। पराजित और दुखी गान्धारी वापस लौट गयी।[3]

महर्षि अगस्ति ने वैवस्वत मनु को यह कथा सुनाते हुए कहा, "जहाँ जयन्ता की कुन्ती के पाँच पुत्रों ने पितरों का उद्धार किया वहीं सौ पुत्रों की माँ हस्तिना की गान्धारी के हिस्से में सिर्फ़ शोक आया।"[4]

---

1. आदि पर्व में कुन्ती ने अपनी व्यथा सिर्फ़ अर्जुन को बतायी। अर्जुन ने वायदा किया कि अगले दिन वह शतदल स्वर्ण पुष्पों से मन्दिर भर देगा।
2. आदि पर्व में अर्जुन मन्दिर में कुन्ती के साथ गया और वहाँ से उसने कुबेर के पद्मनिधि को अपने तीर से भेदा जिससे स्वर्ण पुष्पों की वर्षा शिवलिंग पर होने लगी। यह देखकर देवताओं ने अर्जुन की प्रशंसा करते हुए उसे धनंजय नाम दिया। बाद में उनके आग्रह पर अर्जुन ने कुबेर को उसका स्वर्ण वापस कर दिया।
3. आदि पर्व की कहानी में गान्धारी ने कुती को विधवा होने का उलाहना दी थी, लेकिन बाद में अपनी पराजय के बाद उसने कुन्ती से उसके पुत्रों की प्रशंसा भी की।
4. व्यास महाभारत में उग्रश्रवा सौति ने नैमिषारण्य में एकत्रित ऋषियों को महाभारत कथा सुनायी थी।

आख़िर बच्चों से आपसी सद्‌भाव की उम्मीद कैसे की जा सकती थी जबकि वे जानते थे कि कभी उनकी माताएँ एक–दूसरे से लड़ चुकी थीं। हालाँकि माताओं ने कभी एक दूसरे के बच्चों का अहित नहीं चाहा और न ही कभी अपने बच्चों को एक–दूसरे से लड़ने के लिए प्रोत्साहित किया। गान्धारी पाण्डवों के प्रति दुर्योधन की नफ़रत को लेकर परेशान रहती थी और उसके अनुचित व्यवहार पर हमेशा आपत्ति करती थी। वह अपने बच्चों के भविष्य को लेकर भी चिन्तित रहती थी क्योंकि वह जान चुकी थी कि पाण्डव कौरवों से ज़्यादा शक्तिशाली हैं। शीघ्र ही उसे यह भी अहसास हो गया कि पाण्डवों के साथ दुर्योधन के लगातार अनुचित व्यवहार पर अंकुश लगाने में वह असमर्थ थी।

आटविक धनुर्धर

महाभारत उन योद्धाओं और राजकुमारों की कहानी है जिन्होंने अठारह दिन के धर्म युद्ध में भाग लिया, लेकिन एक योद्धा ऐसा भी था जिसने इस युद्ध में हिस्सा नहीं लिया लेकिन फिर भी वह कहानी का एक अमर पात्र बन गया।

एक दिन गुरु द्रोण ने अपने शिष्यों को अपनी दिवंगत पत्नी के श्राद्ध पूजन के लिए दो वराह लाने को कहा। भीम और कर्ण एक साथ जंगल के एक ओर गये और उन्होंने एक वराह का प्रबन्ध कर लिया। लेकिन कौरव राजकुमार घने जंगल में भटक गये और चलते–चलते एक झील के पास पहुँच गये। वहाँ उन्होंने एक वनवासी नवयुवती को झील की तरफ़ आते देखा। तुरन्त ही वे सब पेड़ों के पीछे छुप गये और वहाँ से उस नवयुवती को नहाते हुए और कपड़े बदलते हुए देखने लगे। नवयुवती को कौरवों के वहाँ होने की बिल्कुल भी भनक नहीं थी। उसने अपने घड़े में पानी भरा और बिना किसी हड़बड़ी के घर की तरफ़ चल पड़ी। लेकिन दुःशासन की नीयत ख़राब थी। वह उसके रूप और लावण्य पर बुरी तरह मोहित हो गया था। उसने भागकर युवती को पीछे से पकड़ लिया। लाचार युवती बुरी तरह डर गयी और अपने पति को मदद के लिए पुकारने लगी। उसका पति भागते हुए आया। उसके पास मात्र एक लकड़ी का धनुष और कुछ तीर थे। दुःशासन ने परिहास किया कि इतने बदसूरत और जंगली आदमी को इस सुन्दर स्त्री को रखने का कोई हक नहीं है। क्रोधित वनवासी ने दुःशासन पर तीरों से आक्रमण कर दिया।

यह देख बाक़ी निन्यानवे कौरवों ने दुःशासन का साथ देने की कोशिश की लेकिन उस वनवासी के सामने उनकी एक न चली। थोड़ी देर में ही उसने सभी को मौत के घाट उतार दिया।

बारह दिन बीत गये। कौरवों का कुछ भी पता न चला। द्रोण चिन्तित हो उठे। वे कर्ण, अर्जुन और भीम के साथ उन्हें ढूँढ़ने निकल पड़े। जब उन्होंने झील के पास कौरवों को मृत पड़े देखा तो वे सब आश्चर्यचकित हो गये। द्रोण सोचने लगे कि आख़िर किसने उन सबको मारा होगा। इसी बीच अर्जुन अपने चचेरे भाइयों के हत्यारे को ढूँढ़ने के लिए आगे निकल गया। उसे आता देख कर वह वनवासी युवक अपनी भाषा में कुछ बोलते हुए झोंपड़ी से बाहर निकल आया। देखते ही देखते उस युवक और अर्जुन के बीच भयानक युद्ध छिड़ गया। सैकड़ों तीरों की बरसात हो गयी लेकिन न कोई जीता और न कोई हारा। दोनों योद्धा टक्कर के थे। तीरों की सर–सर आवाज़ सुन कर द्रोण वहाँ पहुँचे। उस वनवासी योद्धा की तीरन्दाज़ी को देख कर वे प्रभावित हो गये। वे सोचने लगे कि केवल उनका शिष्य ही इस तरह का पराक्रम दिखा सकता है, फिर यह वनवासी कौन है?

उन्होंने दोनों से रुकने के लिए कहा। लड़ाई थम गयी। द्रोण उस अजनबी के पास गये और पूछा कि वह कौन है और किसने उसे धनुर्विद्या सिखायी है। दृढ़ता के साथ उस अजनबी ने उत्तर दिया, "मैं जरा हूँ और मेरे गुरु का नाम द्रोण है।" और द्रोण को कुछ पुराना याद आ गया।

कुछ वर्ष पूर्व जरा नाम का वनवासी बालक धनुर्विद्या सीखना चाहता था।[1] जब उसे पता चला कि पास के ही एक अखाड़े में गुरु द्रोण कौरवों और पाण्डवों को अस्त्र–शस्त्र चलाना सिखा रहें हैं तो वह उनसे मिलने चला आया। जरा ख़ाली हाथ नहीं आया। अपने साथ भेंट स्वरुप वह दो वराह लेकर आया। उन दिनों ब्राह्मण मांस खाया करते थे और सूअर का मांस विशेष कार्यक्रमों में परोसा जाता था। गुरु द्रोण यह देख कर प्रसन्न हुए। वे जरा को शिष्य बनाने के

1. सारला महाभारत का जरा व्यास के एकलव्य की याद दिलाता है।

लिए तैयार हो गये।[1] लेकिन दुर्योधन को सख्त एतराज़ था। उसने साफ़–साफ़ मना कर दिया। उसका कहना था कि वनवासियों का स्थान सभ्य समाज के बाहर है इसलिए उन्हें वहीं रहना चाहिए और राजकुमारों के साथ घुलने–मिलने की कोशिश नहीं करनी चाहिए। लेकिन युधिष्ठिर सहमत नहीं थे। उनका मानना था कि अखाड़े में वनवासी के आने से बहुत–सी चीजें मिलेंगी जैसे सूअर और शहद। अर्जुन ने भी अपने भाई की हाँ में हाँ मिलायी। किन्तु दुर्योधन अड़ा रहा। उसने स्पष्ट कह दिया कि एक वनवासी का उनके अखाड़े में कोई स्थान नहीं है। उसने द्रोण की उपस्थिति में ही दुःशासन से जरा को सबक सिखा कर वहाँ से भगाने के लिए कहा। हमेशा की तरह दुःशासन ने वैसा ही किया जैसा उसके बड़े भाई ने कहा।

आचार्य द्रोण कुछ भी नहीं कर सके, बस अपमान का कड़वा घूँट पी कर रह गये। वे राजा धृतराष्ट्र के पुत्र मोह से भली–भाँति परिचित थे। वे नहीं चाहते थे कि उनके इकलौते एवं बिन माँ के पुत्र अश्वत्थामा के लिए कोई परेशानी खड़ी हो (सारला की कहानी में द्रोण की पत्नी कृपी की अश्वत्थामा को जन्म देते समय मृत्यु हो गयी थी)। पाण्डव भी कुछ नहीं कर सकते थे क्योंकि उनके पिता की मृत्यु के बाद वे अब धृतराष्ट्र पर आश्रित थे।

जरा ने स्वयं को बेइज़्ज़त और बेबस महसूस किया, पर वह हार मानने वालों में से नहीं था। वह न केवल साहसी था बल्कि बुद्धिमान भी था। उसने जंगल के रास्ते से एक सुरंग बनायी जो गुरु द्रोण के अखाड़े में खुलती थी। यहाँ से वह उन्हें अपने शिष्यों को शिक्षा देते हुए देख सकता था। इस तरह वह प्रतिदिन उनको अभ्यास करते हुए देखता। उसकी पत्नी को यह सब समय की बर्बादी लगती थी और अक्सर उससे इस पर झगड़ जाती थी। उसे लगता था कि जरा के यह सब सीखने से कुछ भला नहीं होगा। हालाँकि उसने जरा से यह तो नहीं कहा लेकिन यह ज़रुर कहा कि एक शिष्य के पास

1. व्यास महाभारत में द्रोण ने स्वयं एकलव्य को शिक्षा देने से इनकार कर दिया था।

गुरु अवश्य होना चाहिए। जरा को उसकी बात में दम नज़र आया। उसने मिट्टी से द्रोण की मूर्ति बनायी और अखाड़े में एक ऊँची जगह पर रख कर उस पर माला डाल दी। इस तरह जरा का द्रोण के साथ विधिवत तरीक़े से गुरु–शिष्य का सम्बन्ध बन गया। जरा दूर से गुरु द्रोण को कौरव राजकुमारों को शिक्षा देते हुए देखता और सुनता रहा। उधर द्रोण के अखाड़े में सब उसे पूरी तरह से भूल चुके थे।

अतीत से वर्तमान में लौटते हुए द्रोण ने जरा को अपना परिचय देते हुए पूछा, "मैंने तो तुम्हें कोई शिक्षा नहीं दी फिर मैं तुम्हारा गुरु कैसे हुआ?" जरा ने उन्हें प्रणाम करते हुए उत्तर दिया, "क्योंकि मैंने अपने आपको आपका शिष्य मान लिया था।" द्रोण उसकी योग्यता से बहुत प्रभावित हुए। उन्होंने उसे अपने निकट बैठा कर कौरवों के बारे में पूछा। तब जरा ने बताया कि कैसे कौरव राजकुमार उसकी पत्नी को परेशान कर रहे थे और किस तरह से उसका उनसे युद्ध हुआ। यह सुनकर द्रोण ने कहा कि वे उसकी परीक्षा लेना चाहते हैं। जरा तैयार हो गया। उन्होंने उससे कौरवों को पुनर्जीवित करने के लिए कहा। जरा ने संजीवनी मन्त्र फूँक कर अपना बाण छोड़ा और तुरन्त ही कौरव राजकुमार जीवित हो गये।

दुर्योधन यह सब देख कर बहुत नाराज़ था। उसने द्रोण से शिकायत करते हुए कहा कि जबकि उन सबकी शिक्षा उनकी देखरेख में हुई है तब भी वे सब एक वनवासी के हाथों इतनी सरलता से कैसे हार गये। द्रोण ने समझाया कि जरा भी उन सब की तरह उनका शिष्य है इसलिए उन्हें उसके साथ गुरुभाई की तरह व्यवहार करना चाहिए।

विदा लेने का समय हो गया था। द्रोण ने जरा को बताया कि अब वे सब जंगल छोड़ कर हस्तिनापुर को चले जायेंगे। उन्होंने जरा को अजेय होने का आशीर्वाद दिया। अत्यन्त प्रसन्न जरा आभार जताते हुए अपने गुरु के चरणों में गिर पड़ा। उसने उनसे दक्षिणा माँगने का अनुरोध किया। द्रोण ने मना कर दिया। किन्तु जरा के बार–बार आग्रह करने पर वे मान गये। लेकिन उन्होंने यह शर्त रखी कि वे जो

भी माँगेंगे वह उन्हें देगा। "अवश्य," जरा ने आश्वस्त किया। और तब गुरु द्रोण ने जरा से वो माँगा जो अपने आप में एक मिसाल बन गया। उन्होंने उसके दाहिने हाथ का अँगूठा माँग लिया।[1] जरा ने उन्हें निराश नहीं किया पर साथ में यह भी कहा कि वे कौरवों के लिए भयभीत हैं, इसलिए उन्हें बचाने के लिए उन्होंने उसका अँगूठा माँगा है।

लेकिन जरा अकेला ऐसा नहीं था जिससे द्रोण ने इस तरह की कठिन दक्षिणा माँगी थी। उन्होंने पाण्डवों और कौरवों से दक्षिणा में द्रुपद को बन्धक बना कर लाने के लिए कहा था। यह कोई सरल लक्ष्य नहीं था। इसका मतलब था कि हस्तिनापुर की सेना की सहायता के बिना ही उन्हें राजा द्रुपद और उनकी सेना का सामना करना था। कौरव असफल हो गये। लेकिन पाण्डवों ने राजा द्रुपद को गुरु द्रोण के सामने बन्धक बना कर प्रस्तुत कर दिया। हालाँकि यह कोई नहीं जानता है कि कर्ण जो न ही पाण्डव और न ही कौरव था उससे उन्होंने क्या माँगा था। और यही बात शिखण्डी और धृष्टद्युम्न के बारे में भी कही जा सकती है। जाते समय द्रोण ने जरा को अजेय होने का आशीर्वाद दिया और कहा कि अब वह बिना अँगूठे के भी अपनी चार अँगुलियों की सहायता से तीर चला पायेगा।[2]

कर्ण और अर्जुन की तरह जरा देव पुत्र नहीं था किन्तु उन्हीं की तरह वह आचार्य द्रोण का शिष्य था।[3] अपने दृढ़ संकल्प के बलबूते पर इस आटविक धनुर्धर ने महाभारत की कथा में अपना नाम अमर कर लिया।

---

1. व्यास महाभारत में द्रोण ने अर्जुन को आशीर्वाद दिया था कि उनका कोई भी शिष्य धनुर्विद्या में अर्जुन के समतुल्य नहीं होगा। जब अर्जुन को यह पता चला कि एकलव्य के गुरु द्रोण हैं तो उसने उन्हें उनके आशीर्वाद के बारे में याद दिलाया। तब द्रोण ने एकलव्य के पास जाकर दक्षिणा के रूप में उसका अँगूठा माँगा।

2. व्यास की कहानी में द्रोण ने ऐसा कोई भी आशीर्वाद एकलव्य को नहीं दिया था। बाद में जरासन्ध और यदुवंशियों के बीच हुए युद्ध में एकलव्य ने जरासन्ध का साथ दिया। इस युद्ध में वह कृष्ण के हाथों मारा गया।

3. व्यास महाभारत में कर्ण, द्रोण का नहीं बल्कि महर्षि परशुराम का शिष्य था।

झिमाणि का खेल

पाण्डव और कौरव राजमहल में साथ–साथ रह रहे थे लेकिन उनके आपसी सम्बन्ध मधुर नहीं थे। दुर्योधन पाण्डवों को पसन्द नहीं करता था ख़ास तौर से युधिष्ठिर को। उनके दादा भीष्म एक साथ खेलने पर ज़ोर डालते थे ताकि उनके बीच अच्छे सम्बन्ध बन सकें। लेकिन जब भी कौरव और पाण्डव साथ में खेलते थे, उनके बीच लड़ाई–झगड़ा हो जाता था। यह उनकी उम्र में स्वाभाविक था, लेकिन झगड़े के दौरान भीम कौरवों पर भारी पड़ जाता था। इस कारण कौरव उससे चिढ़ते थे। दुःशासन तो भीम से अत्यन्त घृणा करता था। दूसरी तरफ़ कर्ण और अर्जुन के सम्बन्ध भी तनावपूर्ण थे।

एक दिन सब बच्चे झिमाणि खेल रहे थे। झिमाणि आजकल खेली जाने वाली कबड्डी का प्राचीन स्वरूप था। खेल में पीछा करते हुए दुःशासन ने युधिष्ठिर पर प्रहार कर दिया जिससे युधिष्ठिर की नाक से रक्त बहने लगा। यह कह पाना मुश्किल है कि दुःशासन ने यह जान–बूझकर किया था या फिर यह ग़लती से हो गया था। वैसे भी दुःशासन जिसे ऋषि दुर्वासा से सौ शेरों के बराबर बल होने का आशीर्वाद मिला था उसके साधारण से धक्के मात्र से ही युधिष्ठिर को चोट लगना कोई बड़ी बात नहीं थी।

भीम युधिष्ठिर की हालत देखकर उग्र हो गया। उसने दुःशासन का पीछा करते हुए उसकी छाती पर प्रहार किया जिससे वह अचेत हो गया। लेकिन भीम यहीं नहीं रुका। उसने अन्य सभी कौरवों को भी दौड़ा लिया। उसके वार से वे बेहोश हो गये। यहाँ तक कि कर्ण

और अश्वत्थामा भी नहीं बच पाये। इस घटना ने पाण्डवों और कौरवों के बीच घृणा और शत्रुता को बढ़ा दिया।

दादा भीष्म और मन्त्री संजय ने शीघ्र ही खेल के मैदान पर पहुँच कर कौरवों और उनके मित्रों का उपचार कराया। जब मन्त्री संजय ने राजा धृतराष्ट्र को इस घटना के बारे में बताया तो वे अपने पुत्रों की सुरक्षा को लेकर परेशान हो गये।

धृतराष्ट्र को पाण्डवों की शक्ति का अहसास हो गया और उन्हें यह डर सताने लगा कि एक दिन भीम उनके सभी पुत्रों को मार देगा। चिन्तित धृतराष्ट्र ने भगवान बलराम का आह्वान किया। प्रार्थना सुन भगवान बलराम हस्तिनापुर आये और उनसे चिन्ता न करने के लिए कहा। उन्होंने धृतराष्ट्र को समझाया कि खेल में तो यह सब चलता ही रहता है और फिर अपना हाथ बच्चों पर रखते हुए उनकी सुरक्षा करने का आश्वासन दिया। साथ में दुर्योधन को अपने शिष्य के रूप में स्वीकार करते हुए उन्होंने आशीर्वाद दिया कि वह पाण्डवों को परास्त कर राजा बनने में सक्षम होगा। धृतराष्ट्र निश्चिन्त हो गये। भगवान बलराम जो शायद ही कभी अपने आस–पास की चीज़ों और लोगों में कोई दिलचस्पी रखते थे, यह नहीं जानते थे कि उनके भाई कृष्ण को अर्जुन सर्वाधिक प्रिय है।

लेकिन सर्वज्ञ कृष्ण को इस मुलाक़ात का पता चल गया। उन्होंने तुरन्त अर्जुन को इन्द्रप्रस्थ के पर्वतों पर आकर मिलने को कहा। अर्जुन ने वहाँ पहुँचकर सर्वप्रथम कृष्ण को दण्डवत प्रणाम किया। तब कृष्ण ने उसे उनके भाई बलराम द्वारा धृतराष्ट्र को दिये गये आश्वासन के बारे में बताया। उन्होंने अर्जुन को किसी पर भी विश्वास न करने की सलाह देते हुए कहा कि धृतराष्ट्र उनके भाई बलराम को पाण्डवों के विरुद्ध इस्तेमाल कर रहे हैं। लेकिन अर्जुन निश्चिन्त था। उसने नारायण के अवतार कृष्ण से कहा कि अगर वे पाण्डवों के साथ हैं तो फिर एक लाख बलराम भी उनका कुछ नहीं बिगाड़ सकते हैं। कृष्ण यह सुन कर प्रसन्न हो गये। लेकिन फिर भी उन्होंने अर्जुन से हमेशा चाहे दिन हो या रात सतर्क रहने पर ज़ोर डाला।

उन्होंने समझाया कि शत्रु उनकी ज़रा सी लापरवाही का लाभ उठा सकता है और फिर अपने भाइयों को इस बारे में बताने और कौरवों से दूर रहने की सलाह देकर कृष्ण चले गये।

अर्जुन ने यह बात युधिष्ठिर को बतायी। युधिष्ठिर कृष्ण की बात से सहमत नहीं थे। उन्होंने अर्जुन से कहा, "निश्चित रूप से ऐसा कुछ भी नहीं है जो कृष्ण नहीं जानते हों, लेकिन राजा धृतराष्ट्र हमारा बुरा क्यों चाहेंगे जबकि हमने न ही कभी उनका निरादर किया और न ही नुक़सान किया।" धर्मपुत्र युधिष्ठिर जिन्होंने कभी किसी का अहित सोचा भी नहीं था, वे यह नहीं समझ सकते थे कि दूसरे लोग उनसे काफ़ी अलग हैं। उन्होंने अर्जुन को हल्के से डाँटते हुए कहा, "जो अपने ह्रदय में सन्देह रखता है, वह अपने ह्रदय में पाप को पालता है। इसलिए हमें धर्म पर अडिग रहना चाहिए। धर्म का पालन ही हमें सब बुराइयों रो बचाता है।"

दूसरी तरफ़ धृतराष्ट्र भीम को लेकर चिन्तित और भयभीत थे। उनके भय को देख कर मन्त्री संजय ने उनसे कहा, "आप उनके साथ कैसे रह पायेंगे जिन पर आपको विश्वास न हो। इसलिए पाण्डवों को किसी अन्य स्थान पर भेज देना ही उचित होगा।" धृतराष्ट्र को यह प्रस्ताव उचित लगा। इसलिए एक रात उन्होंने अपने भाई विदुर जो उनके मन्त्री भी थे, उन्हें इस पर विचार–विमर्श करने के लिए महल बुलाया। विदुर ने धृतराष्ट्र को समझाया कि उन्हें इसे लेकर चिन्तित नहीं होना चाहिए क्योंकि खेलकूद में झगड़ा होना सामान्य बात है। विदुर ने आगे कहा, "पाण्डु की मृत्यु होने के बाद अब वे ही पाण्डवों के पिता हैं ऐसे में वो उन्हें कहीं और भेजने की बात कैसे सोच सकते हैं।" "लेकिन जब तक भीम जीवित है तब तक मेरे पुत्र असुरक्षित रहेंगे," धृतराष्ट्र ने आशंका व्यक्त की। तब विदुर ने कहा, "आप कुरु राजकुमारों में भेदभाव कर रहे हैं इसलिए अब पाण्डवों को अन्यत्र भेजना ही उचित रहेगा।" धृतराष्ट्र प्रसन्न हो गये। और उन्होंने हस्तिनापुर की सीमा पर स्थित इन्द्रप्रस्थ के पहाड़ों पर पाण्डवों के लिए घर बनवाने का आदेश दे दिया।

एक दिन जब युधिष्ठिर, भीम और अर्जुन धृतराष्ट्र से मिलने गये तो उसने ज्येष्ठ पाण्डव से अपने भाइयों के साथ इन्द्रप्रस्थ में जाकर रहने के लिए कहा। "तुम्हारा भाई भीम बहुत दुष्ट है। उसके और दुर्योधन के बीच हमेशा झगड़ा होता रहता है। दुर्योधन को भीम की बातें अपमानजनक और असहनीय लगती हैं। अगर ऐसा ही चलता रहा तो एक दिन स्थिति बिगड़ जायेगी। हो सकता है कि सभी कौरव भाई इकट्ठा हो भीम को मार दें," धृतराष्ट्र ने समझाते हुए कहा। "अगर आपकी इच्छा है कि हम इन्द्रप्रस्थ जाकर रहें तो हम सभी आपके आदेश का ख़ुशी–ख़ुशी पालन करेंगे," बिना किसी तर्क के युधिष्ठिर ने अपनी सहमति दे दी।

कुन्ती दुखी थी। उसने भीष्म को अपनी स्थिति के लिए दोषी ठहराते हुए कहा कि वह सन्तोषपूर्वक अपना जीवन शतश्रृंग के जंगलों में बिता रही थी। भीष्म के आश्वासन के कारण ही वह हस्तिनापुर राजमहल आयी थी और अब उसे कहीं और रहने जाना पड़ रहा था। कुन्ती अपने बच्चों के साथ इन्द्रप्रस्थ चली गयी। वहाँ एक दिन भीम को उसकी दुष्टता के लिए डाँटते हुए उसने कहा कि धृतराष्ट्र उनके साथ भला व्यवहार करता था लेकिन उसने सब कुछ बिगाड़ दिया। भीम ने उस समय कुछ नहीं कहा लेकिन उसे इस बात का कभी पछतावा नहीं हुआ।

आओ, बैठो पवनपुत्र!

राजा धृतराष्ट्र के कहने पर पाण्डव अपनी माँ कुन्ती के साथ हस्तिनापुर छोड़ कर इन्द्रप्रस्थ में रहने लगे थे। युधिष्ठिर प्रतिदिन भोजन करने से पूर्व अपनी माँ को प्रणाम करने के बाद बड़े पिता धृतराष्ट्र और बड़ी माँ गान्धारी को प्रणाम करने के लिए अपने भाइयों समेत हस्तिनापुर जाया करते थे।

अर्जुन, नकुल और सहदेव बिना किसी ना–नुकुर के युधिष्ठिर के साथ जाते थे। लेकिन भीम अपवाद था। उसे युधिष्ठिर का धृतराष्ट्र को सम्मान देना बिल्कुल भी पसन्द नहीं था। कारण था कि युधिष्ठिर के प्रणाम करने के बाद धृतराष्ट्र पाण्डवों को कौरवों की सभा में जाने के लिए कहता था, जहाँ उसका बड़ा बेटा दुर्योधन भीष्म, भूरिश्रवा, शल्य, विदुर, कृपाचार्य और कर्ण के सामने पाण्डवों को अलग–अलग पिता के नाम लेकर ताना मारता। वह युधिष्ठिर से कहता, "आओ धर्मपुत्र! यहाँ बैठो", अर्जुन से कहता, "आओ इन्द्रपुत्र!" और भीम से कहता, "बैठो पवनपुत्र!" दुर्योधन की इन बातों से संयमी युधिष्ठिर को तो कोई फ़र्क़ नहीं पड़ता था। और अर्जुन, नकुल और सहदेव भी दुर्योधन के सम्बोधन पर ध्यान नहीं देते थे। किन्तु भीम ऐसा नहीं था। उसे दुर्योधन पर अत्यधिक क्रोध आता पर वह अपमान का घूँट पी कर रह जाता। ऐसा हर रोज़ होता था।

लेकिन एक दिन पवन का बल रखने वाले भीम के धैर्य का बाँध टूट गया। उस दिन हस्तिनापुर से लौटने के बाद अपनी माँ कुन्ती के पैरों पर गिरकर भीम ने पूछा कि दुर्योधन उन्हें इस तरह से क्यों

सम्बोधित करता है जिसकी वजह से अन्य कौरव उनका उपहास उड़ाते हैं।

कुन्ती ने भीम को डाँटते हुए कहा, "तुम हर समय अपने भाइयों से लड़ने का बहाना ढूँढ़ते रहते हो। वैसे भी पिता का नाम लेने में क्या बुराई है। पिता का नाम सुनना आशीर्वाद मिलने से कम नहीं होता है।" लेकिन भीम नहीं माना और उसने कहा, "दुर्योधन हम सभी भाइयों के लिए पाँच अलग–अलग पिता के नाम लेता है। क्या यह हमारा अपमान नहीं है?" कुन्ती ने भीम को समझाया कि यह एक ही के पाँच अलग–अलग रूप हैं। भीम तब भी नहीं माना। उसने फिर से पूछा, "हमें पाण्डु पुत्र क्यों नहीं कहा जाता, आख़िर हमारा जन्म कैसे हुआ था?"[1] कुन्ती ने भीम को फिर से समझाया कि पाण्डु के शरीर में देवताओं के इन पाँच रूपों ने अलग–अलग समय पर प्रवेश किया था। इसलिए उसे दुर्योधन के शब्दों का ग़लत अर्थ नहीं निकालना चाहिए। भीम चुप हो गया।

दुर्योधन इसी तरह रोज़ाना पाण्डवों को सम्बोधित करता रहा और उसके भाई उसे उत्साहित करते रहे। आख़िरकार एक दिन भीम के लिए यह सब असहनीय हो गया। उसने सोचा कि इस तरह जीने से अच्छा होगा कि वह मर जाये। उस दिन हस्तिनापुर से वापस लौटने के बाद वह चुपचाप अपने कमरे में चला गया और दरवाज़ा अन्दर से बन्द कर लिया। उसने न ही स्नान किया और न ही भोजन ग्रहण किया।

कुन्ती चिन्तित हो उठी कि खाने को लेकर हमेशा उतावला रहने वाला उसका बेटा भीम आज खाने की तरफ़ देख भी नहीं रहा है। उसने भीम को पुकारा लेकिन उसने जवाब नहीं दिया। भीम ने अपने छोटे भाइयों के पुकारने पर भी उत्तर नहीं दिया।

---

1. कुन्ती और माद्री के बच्चों ने साथ में मिल कर पाण्डवासुर का वध किया था जिसके बाद से उन्हें पाण्डव कह कर बुलाया जाने लगा। व्यास महाभारत में उन्हें यह नाम पाण्डु पुत्र होने के नाते मिला था।

तब युधिष्ठिर ने भीम को आवाज़ दी, "तुम किस बात पर इतने क्रोधित हो। तुम्हें तो भोजन अत्यधिक प्रिय है। फिर क्यों अपने आप को भूखा रख कर अपने शरीर को कष्ट दे रहे हो। सूरज डूबने वाला है, जल्दी से बाहर आकर भोजन ग्रहण करो। क्योंकि सूर्य अस्त के बाद खाना खाना सेहत के लिए अच्छा नहीं होता।" लेकिन भीम ने कुछ नहीं कहा।

सूर्य अस्त हो गया।

उस दिन किसी ने भी खाना नहीं खाया। कोई नहीं जानता था कि भीम इतना परेशान क्यों है। चिन्तित युधिष्ठिर ने अर्जुन की तरफ़ देखा और तब अर्जुन ने भगवान श्रीकृष्ण का आह्वान किया।

कृष्ण आये। युधिष्ठिर ने उन्हें बताया कि किस तरह शुरू से ही उनके परिवार को अनेको मुश्किलों का सामना करना पड़ा है और अब भीम की चुप्पी इन परेशानियों को और बढ़ा रही है। यह सुनकर कृष्ण ने भीम से दरवाज़ा खोलने के लिए कहा। उन्होंने भीम से कहा कि वे उसकी तकलीफ़ का कारण जानते हैं। यह सुनकर भी भीम ने दरवाज़ा नहीं खोला लेकिन दुखी स्वर में उसने कृष्ण को बताया कि किस तरह उसे रोज़ कौरवों की सभा में अपमान का सामना करना पड़ता है। उसने आगे कहा कि युधिष्ठिर के लिए तो अन्धा धृतराष्ट्र काशी के भगवान की तरह है जिसे बिना प्रणाम किये वे भोजन नहीं कर सकते हैं। पर इस सम्मान के बदले में धृतराष्ट्र उन्हें कौरवों की सभा में आने के लिए कहता, जहाँ उसका बेटा दुर्योधन उन्हें प्रतिदिन अपमानित करता है और अन्य कौरव इसमें उसका साथ देते हैं। "युधिष्ठिर को शर्म क्यों नहीं आती है, अगर वे मुझसे बस एक बार कौरवों को दण्डित करने को कहें तो मैं उन सभी का सर्वनाश कर सकता हूँ। युधिष्ठिर क्षत्रियों के नाम पर न केवल कलंक हैं बल्कि उनके दोषी भी हैं। अतएव मैंने अपने जीवन का अन्त करने का फ़ैसला कर लिया है। लेकिन, हे प्रभु! मुझे अपनी दया से वंचित न कीजियेगा," भीम ने कृष्ण से विनती करते हुए कहा।

"द्वार खोलो भीम, मैं बताता हूँ कि तुम्हें क्या करना है," कृष्ण ने भीम को आवाज़ दी। भीम ने दरवाज़ा खोल दिया। उस समय कृष्ण और भीम के अलावा वहाँ कोई और न था। कृष्ण ने उससे कहा, "तुम दुर्योधन की पोल खोल दो।" भीम अचरज में पड़ गया। उसने कहा, "मुझे तो दुर्योधन के किसी रहस्य के बारे में नहीं पता!" तब मुस्कुराते हुए कृष्ण ने बताया, "अबकी बार कौरव सभा में जब दुर्योधन तुमसे बैठने को कहे, तब तुम उससे कहना 'हाँ गोलक पुत्र, मैं बैठता हूँ'। यह सुनकर दुर्योधन बुरी तरह से लज्जित हो जायेगा।" इस तरह भीम को आश्वस्त करके कृष्ण अन्तर्धान हो गये।

बेहद प्रसन्न और उत्साहित भीम ने तुरन्त ही स्नान किया। रात हो चुकी थी लेकिन भीम ने तब भी भोजन ग्रहण किया। वास्तव में उस रात उसने हमेशा से अधिक खाना खाया। और जब से कृष्ण ने प्रस्थान किया था, वह तभी से "गोलक पुत्र, गोलक पुत्र" शब्द बार–बार दोहरा रहा था। परिवार में हर कोई सो चुका था लेकिन भीम जाग रहा था। उसे डर था कि कहीं वह यह शब्द भूल न जाये। किन्तु उसकी भरपूर कोशिश के बावजूद भोर होने से पहले उसे नींद आ गयी। जब वह सुबह उठा तो उसे अहसास हुआ कि वह कृष्ण का बताया गया शब्द भूल चुका है। हैरान परेशान भीम बावलों की तरह अपने कमरे में उस शब्द को इस तरह से खोजने लगा जैसे कि वह कोई वस्तु हो। अचानक उसे सहदेव का ख़याल आया। सहदेव भूत और भविष्य का ज्ञाता था। सहदेव ने बताया कि कृष्ण ने 'गोलक पुत्र' शब्द का ज़िक्र किया था।

भीम अत्यन्त प्रसन्न हो उठा और युधिष्ठिर से भी पहले कौरवों की सभा में जाने के लिए तैयार हो गया। उसने युधिष्ठिर पर तंज कसते हुए कहा, "आओ, काशी के भगवान को प्रणाम करने के लिए चलें।"

वैसे तो रोज़ महल जाते समय युधिष्ठिर सबसे आगे रहते थे उनके पीछे अर्जुन फिर नकुल और फिर सहदेव और अन्त में भीम होता था। लेकिन उस दिन भीम बहुत जल्दी में था। वह अपने भाइयों से बहुत आगे चल रहा था। वह बीच–बीच में रुक कर पीछे मुड़ कर

देख रहा था कि वे सब कहाँ तक पहुँचे। इस दौरान भीम लगातार वह शब्द गुरु मन्त्र की तरह दोहराता रहा। युधिष्ठिर को भीम की बुदबुदाहट तो सुनायी पड़ रही थी पर वे कुछ समझ नहीं पा रहे थे। युधिष्ठिर के लिए कौरव भाई उसके अपने भाइयों के समान ही प्रिय थे। उन्हें शंका हुई कि उनका दुष्ट भाई भीम कुछ ऐसा सोच रहा है जिससे उनके बीच में शत्रुता पैदा हो सकती है।

युधिष्ठिर ने भीम से पूछा कि आख़िर क्यों वह इतना आगे और तेज़ चल रहा है।

भीम ने जवाब दिया, "अगर तुम्हें यह पसन्द नहीं है तो हमेशा की तरह ही मैं सबसे पीछे रहता हूँ।"

शायद उस समय युधिष्ठिर यही चाहते भी थे।

हाँ, बैठता हूँ गोलक पुत्र!

अन्ततः वह पल आ गया जिसका भीम बड़ी बेसब्री से प्रतीक्षा कर रहा था। धृतराष्ट्र को प्रणाम करने के बाद पाण्डव कौरव सभा में पहुँचे। हमेशा की तरह दुर्योधन ने सभी को उनके अलग–अलग पिता के नाम लेकर आमन्त्रित करना शुरू किया। जैसे ही उसने भीम को आमन्त्रित किया, "आओ पवनपुत्र, अपना स्थान ग्रहण करो", भीम ने उत्तर दिया, "हाँ, बैठता हूँ, गोलक पुत्र!" यह सुनते ही परिवार के बड़े बुजुर्ग भीष्म और भूरिश्रवा ज़ोर से हँस पड़े। उन्होंने भीम से पूछा कि उसे इस बारे में कैसे पता चला। भीम ने कुछ नहीं कहा और उन्होंने भी दुबारा नहीं पूछा। उधर दुर्योधन को तो जैसे कोई डंक मार गया हो। इससे पहले कि कोई कुछ समझ पाता दुर्योधन सभा को छोड़ कर कोप भवन चला गया।

वहाँ पहुँच कर उसने दरवाज़ा अन्दर से बन्द कर लिया। जब वह भोजन करने के लिए नहीं आया तो शाही रसोइयों ने कोप भवन के द्वार पर जाकर उससे भोजन करने के लिए आग्रह किया। किन्तु दुर्योधन बाहर नहीं आया। संजय और विदुर ने द्वार खुलवाने का प्रयास किया लेकिन दुर्योधन ने दरवाज़ा नहीं खोला। तत्पश्चात् भीष्म और भूरिश्रवा आये और उन्होंने दुर्योधन से पूछा, "तुम्हें क्या परेशानी है, पुत्र। भोजन का समय हो गया है। सूर्यास्त के बाद भोजन करना निषिद्ध है। इसलिए तुम्हें बाहर आकर भोजन ग्रहण करना चाहिए।" दुर्योधन ने कोई जवाब नहीं दिया। तब पिता धृतराष्ट्र आये और उसे मनाने का प्रयास करते हुए उन्होंने पूछा, ''तुम इस सम्पूर्ण पृथ्वी के

स्वामी हो। ऐसा क्या है जो तुम चाहते हो, और तुम्हें नहीं मिला है?" दुर्योधन ने तब भी कुछ नहीं कहा। इसके बाद उसका परम मित्र कर्ण आया। लेकिन दुर्योधन तब भी शान्त रहा।

अन्त में माता गान्धारी आयीं। उन्होंने दुर्योधन से कहा, "तुम इस राज्य के स्वामी हो। जो भी तुम्हारी अवहेलना करेगा, उसका विनाश करने का सामर्थ्य और अधिकार दोनों ही तुम्हारे पास हैं। फिर क्यों तुम इतने परेशान हो?" दुर्योधन ने जवाब नहीं दिया। "इस तरह से घास की शैया पर सो जाना दुर्भाग्य को आमन्त्रण देता है। यह स्थान निश्चित रूप से तुम्हारे जैसे शक्तिशाली और महान क्षत्रिय के लिए नहीं है। तुम्हें तुरन्त इसे छोड़कर बाहर आकर भोजन करना चाहिए," गान्धारी ने दुर्योधन से दुबारा कहा।

अन्ततः दुर्योधन ने उत्तर दिया।

उसने बताया कि भीम ने उसे भरी सभा में गोलक पुत्र कह कर अपमानित किया और उसकी इस बात पर भीष्म और भूरिश्रवा ख़ूब हँसे। यह देख कर उसे बहुत दुख और अपमान महसूस हुआ। "तुम तो गान्धारसेन की पुत्री हो और धृतराष्ट्र मेरे पिता, फिर भीम ने मुझे गोलक पुत्र कैसे कह दिया," दुर्योधन ने अपनी माँ गान्धारी से पूछा।

यह सुनकर गान्धारी ने उसे डाँटते हुए कहा कि यह जो कुछ भी हुआ वह उसकी मूर्खता और दुष्टता के कारण ही हुआ। युधिष्ठिर उसका बड़ा भाई है पर उसे सम्मान देने की बजाय वह उसे लज्जित करने के लिए उसे 'धर्मपुत्र' कह कर सभा में सम्बोधित करता है। क्या पाण्डव उसके भाई नहीं हैं जो वह उन्हें 'पवनपुत्र' 'इन्द्रपुत्र' वगैरह से सम्बोधित कर अपमानित करता है, गान्धारी ने पूछा। दुर्योधन ने कुछ नहीं कहा। "धृतराष्ट्र और पाण्डु भाई हैं, ऐसे में एक की कमज़ोरी दूसरे की कमज़ोरी मानी जाती है। तुम्हें पता होना चाहिए कि जो बात युधिष्ठिर को लज्जित करने वाली है, वही तुम्हारे लिए भी लज्जाजनक है," गान्धारी ने दुर्योधन को समझाते हुए कहा।

उसने आगे कहा कि जहाँ तक गोलक पुत्र की बात है तो पहले उसे अपना भोजन ग्रहण करना होगा उसके बाद ही वह उसे

इस बारे में बतायेगी। लेकिन दुर्योधन अपनी ज़िद्द पर अड़ा रहा कि जब तक गान्धारी इस रहस्य को नहीं सुलझायेगी वह खाना नहीं खायेगा।

तब गान्धारी ने बताया कि वह ज्येष्ठ माह में अमावस के दिन कृतिका नक्षत्र में पैदा हुई थी। इस अशुभ समय में पैदा होने वाली कन्या को 'उन्सी' कहा जाता था। जब उसके पिता गान्धारसेन ने उसका विवाह करवाने का प्रयास किया तो वर सगाई होने के पहले ही मर गया। इस तरह से बाईस राजकुमारों की मृत्यु हो गयी। उसके बाद कोई भी मृत्यु के भय से उससे विवाह करने का साहस नहीं कर रहा था। तब उसके पिता ने ऋषि व्यास से मदद माँगी।

ऋषि ने राजा गान्धारसेन को गान्धारी का विवाह गोलक वृक्ष से करवाने की सलाह दी। महल में एक बड़ा से गोलक का पेड़ था। ऋषि ने वृक्ष को दूल्हे की तरह सजवाया और अत्यन्त गोपनीयता के साथ इस विवाह को सम्पन्न करवाया। इसमें दुल्हन का हाथ पेड़ की एक शाखा के साथ बाँधा गया और राजा गान्धारसेन ने दुल्हन के पिता होने के नाते सभी रीति–रिवाजों को निभाया। जैसे ही विवाह सम्पन्न हुआ, वह विशालकाय गोलक का पेड़ नष्ट हो गया।

गान्धारी ने यह भी बताया कि किस तरह ऋषि व्यास ने उसका विवाह धृतराष्ट्र के साथ करवाया। धृतराष्ट्र भी इसी तरह से अशुभ नक्षत्र में पैदा हुए थे। उनसे सगाई हो जाने मात्र से ही एक सौ आठ राजकुमारियों की मृत्यु हो चुकी थी। कोई भी पिता अपनी पुत्री का विवाह धृतराष्ट्र से करने को राज़ी नहीं था। कुरु राजवंश के लिए यह काफ़ी अप्रिय स्थिति थी, पर वे कुछ नहीं कर सकते थे। ऋषि व्यास की पहल पर धृतराष्ट्र गान्धार आये और उन्होंने ही गान्धारी और धृतराष्ट्र का विवाह सम्पन्न करवाया। लेकिन गान्धारी पर धृतराष्ट्र के नक्षत्रों का असर क्यों नहीं पड़ा, इस पर कवि सारला ने कुछ नहीं कहा। हालाँकि यह अन्दाज़ा अवश्य लगाया जा सकता है कि ऋषि की योग शक्ति ने नक्षत्रों के दुष्प्रभाव को समाप्त करने में मदद की होगी। बाद में ऋषि व्यास ने ही धृतराष्ट्र और गान्धारी को सौ पुत्रों

की प्राप्ति में अहम भूमिका निभायी जबकि उनके भाग्य में मात्र एक पुत्री ही लिखी थी।

विवाह की इन परिस्थितियों को गोपनीय रखा गया था। परिवार के बाहर केवल वासुदेव कृष्ण को ही इसकी जानकारी थी। लेकिन दुर्योधन के कारण यह राज़ सबके सामने आ गया, गान्धारी ने दुर्योधन से नाराज़ होते हुए कहा। हालाँकि कवि सारला ने यह नहीं बताया कि कृष्ण को कैसे इस रहस्य के बारे में पता चला। लेकिन यह कोई आश्चर्य की बात नहीं है क्योंकि सारला महाभारत में कृष्ण की जानकारी के बिना कुछ भी नहीं होता है। हर प्रसंग के पीछे कृष्ण ही होते हैं। लेकिन जब कोई स्वयं को मुख्य कर्ता मान लेता था तब कृष्ण ही इस भ्रम से निकलने में उसकी मदद करते थे, जिसे हम उनकी लीला कहते हैं।

दुर्योधन अत्यन्त निराश और दुखी था। उसको यह बात खाये जा रही थी कि भीम ने जो भी कहा था वह सच था। और अब रोज़ भीम उसे गोलक पुत्र कह कर पुकारेगा। उसे आश्चर्य हुआ कि भीम को यह सब कैसे पता चला। पर उस समय उसकी मनःस्थिति यह नहीं थी कि वह यह जानने का प्रयास करे कि भीम को यह सब किसने बताया।

"अगर तुम इतनी दुर्भाग्यशाली थीं तो तुम अपने पिता के घर पर क्यों नहीं रहीं और वहीं क्यों नहीं मर गयीं," दुर्योधन अपनी माँ पर चिल्लाया। लेकिन वह जानता था कि जो हो चुका है वह उसको बदल नहीं सकता है। इसलिए उसने चुपचाप कमरे से बाहर निकल कर स्नान करके अपने दैनिक अनुष्ठान किये। किन्तु उसका मन शान्त नहीं था। उसकी हताशा, कड़वाहट और गुस्सा उसके नाना राजा गान्धारसेन पर फूट पड़ा, "आख़िर कैसे इस धृष्ट आदमी ने अपनी पुत्री का विवाह मेरे पिता से करवाने का साहस किया।"

उधर कौरव सभा से लौटने के बाद युधिष्ठिर ने भीम को डाँटते हुए कहा कि उसने आज जो भी किया वह अनुचित एवं अनैतिक था। भीम ने उत्तर दिया कि उसने कुछ भी ग़लत नहीं किया।

दुर्योधन भी तो रोज़ अलग–अलग पिता के नाम लेकर उन्हें अपमानित करता है। लेकिन युधिष्ठिर नहीं माने। उन्होंने भीम से पूछा जबकि दुर्योधन के पिता धृतराष्ट्र और माँ गान्धारी हैं तब उसने दुर्योधन को गोलक पुत्र क्यों कहा। "अगर ऐसा है तो यह सुनकर दुर्योधन परेशान क्यों हो गया?" भीम ने पलटकर पूछा। यह सुनकर युधिष्ठिर निरुत्तर हो गये।

वचनबद्धता

दुर्योधन अपने समय की परम्पराओं में ढला व्यक्ति था। उसके लिए प्रतिशोध लेना न्याय करने जैसा था। उसका मानना था कि गान्धारसेन ने उसके पिता का विवाह एक विधवा के साथ कराके उनके साथ अन्याय किया था। उसकी नज़र में यह उसके अपमान का कारण था जिसका उसने अपने ननिहाल पक्ष से बदला लिया। हालाँकि उसकी माँ और अन्य लोगों को कभी ऐसा नहीं लगा कि धृतराष्ट्र के साथ अन्याय हुआ था।

दुर्योधन ने गान्धारसेन और उसके समस्त परिजनों को विचार–विमर्श के बहाने हस्तिनापुर आमन्त्रित किया और सेना को गान्धार में ही छोड़ने का आग्रह किया। तब गान्धारसेन ने एक राजा की तरह नहीं बल्कि नाना होने के नाते दुर्योधन पर भरोसा किया। गान्धारसेन और उसके परिवार के किसी भी सदस्य ने कभी दुर्योधन का अनिष्ट नहीं किया था। लेकिन दुर्योधन ने पाषाण गृह में धोखे से बन्दी बनाकर उन सभी को प्रताड़ित किया।

दुर्योधन का प्रतिशोध उसके आहत अहंकार की प्रतिक्रिया थी। लेकिन वह गान्धारसेन और उसके समस्त परिजनों को धोखे से बन्दी बनाकर भी सन्तुष्ट नहीं हुआ। वह बन्दीगृह में सिर्फ़ एक थाली खाना रोज़ भेजता, जिसे अपने हाथ में लेकर गान्धारसेन अपने परिजनों से कहता कि जो कौरवों का जड़ से नाश करने में समर्थ हो वही इसे खाये। गान्धारसेन की चुनौती से उसका ज्येष्ठ पुत्र शकुनि उद्वेलित हो गया और उसने दुर्योधन से प्रतिशोध लेने का वचन दिया।

गान्धारसेन बुरा राजा, पिता या नाना नहीं था। वह एक सामान्य पिता की तरह ही अपनी बेटी की शादी के लिए चिन्तित था। इसीलिए उसने ऋषि व्यास की सलाह स्वीकार कर अपनी पुत्री का विवाह धृतराष्ट्र से पहले गोलक वृक्ष के साथ कराया था। दूसरी तरफ़ धृतराष्ट्र के पिता ऋषि व्यास को भी ज्ञात था कि गान्धारी और धृतराष्ट्र का विवाह ही नियति है क्योंकि इससे पहले धृतराष्ट्र का विवाह जिस किसी भी राजकुमारी के साथ हुआ था वह जीवित नहीं बची। अभिमानी और मूर्ख दुर्योधन ने अकारण ही अपने नाना के साथ अन्यायपूर्ण व्यवहार किया जबकि गान्धारसेन को अपने पोते से अगाध स्नेह था। उसने दुर्योधन को वही सलाह दी जो उसके भले के लिए थी न कि वह जो वो सुनना चाहता था। गान्धारसेन जानता था कि पाण्डवों से युद्ध करना दुर्योधन के हित में नहीं होगा क्योंकि देवताओं के पुत्र होने के नाते वे कौरवों से अधिक शक्तिशाली थे।

कुटुम्ब के एक सौ पिनच्यान्वे सदस्यों ने भूख और प्यास से दम तोड़ दिया, सिर्फ़ शकुनि और गान्धारसेन ही बचे। अपने अन्तिम समय का आभास होने पर गान्धारसेन ने शकुनि को पुकारा,"सुनो शकुनि, तुम मेरे ज्येष्ठ पुत्र होने के साथ–साथ योग्य तथा ज्ञानी भी हो। मैंने अब तक तुम्हारी रक्षा की। हम सभी भूखे रहे ताकि तुम्हें भोजन मिलता रहे। तुमने हमें आश्वस्त किया था कि तुम हमारी मृत्यु का प्रतिशोध लोगे। मुझे बताओ कि तुम यह कैसे करोगे?" अपने पिता के इस प्रश्न के उत्तर में शकुनि ने कहा कि उसके पास बुद्धि और दृढ़ निश्चय दोनों ही हैं लेकिन रास्ता नहीं। उसने उनसे मार्गदर्शन का आग्रह किया और साथ में उन्हें आश्वस्त भी किया कि वह उनकी कही बात को कभी नहीं भूलेगा।

गान्धारसेन ने प्रतिशोध लेने की योजना शकुनि को बताते हुए उससे इसका पालन करने का वचन लिया। उसने शकुनि से अपनी मृत्यु के बाद दाहिनी हथेली की हड्डियों से पासे की दो छड़ें और बायीं हथेली से तीस गोटियाँ बनाने के लिए कहा। उसने बताया कि यह अद्भुत पासे हमेशा शकुनि की बात मानेंगे।

गान्धारसेन ने शकुनि को बताया कि एक दिन दुर्योधन उसे मुक्त कर अपना मन्त्री बनायेगा और उस पर सबसे ज़्यादा भरोसा करेगा। शकुनि को अवसर का पूरा फ़ायदा उठाना होगा। दुर्योधन की ओर से पासे खेलते हुए उसे युधिष्ठिर को हराना होगा। उसे यह सुनिश्चित करना होगा कि पाण्डव अपनी सारी सम्पत्ति खो कर दुर्योधन के दास बन जाये और उनकी पत्नी को कौरवों की सभा में चीरहरण के लिए घसीट कर लाया जाये। इस अपमान को भीम कभी भूल नहीं पायेगा। आगे चल कर कौरवों और पाण्डवों के बीच युद्ध होगा, जिसमें भीम के हाथों दुर्योधन, उसके भाइयों और बच्चों की मृत्यु होगी। गान्धारसेन ने कहा, "युद्ध को टालने का कोई उपाय नहीं होगा। पाण्डवों को ज़मीन पर या पानी में या फिर आग, कहीं भी नहीं मारा जा सकता है। इसलिए उनका इस्तेमाल करके ही कौरवों का विनाश किया जा सकता है।'' हालाँकि विषैली मिठाई और मोम का घर (लाक्षागृह) गान्धारसेन की योजना में नहीं थे। उसके लिए तो पासे की दो छड़ें ही पर्याप्त थीं।

गान्धारसेन ने आगे कहा, "अपने भांजों की मृत्यु के बाद जीवित मत रहना, मेरे पुत्र। तुम सहदेव के साथ युद्ध करते हुए वीरगति को प्राप्त होना।" इस प्रकार गान्धारसेन ने शकुनि के जीवन और मृत्यु को पूर्व निर्धारित कर दिया। वास्तव में प्रतिशोध शकुनि ने नहीं बल्कि उसके पिता गान्धारसेन ने लिया था। शकुनि तो मात्र एक कर्ता था जबकि कारक गान्धारसेन था।

इस प्रकार आपस में जुड़े दुर्योधन और गान्धारसेन के प्रतिशोध ने कुरुक्षेत्र के युद्ध को जन्म दिया।

रहस्यमयी पासे

गान्धारसेन की योजना सुनकर शकुनि आश्चर्यचकित हो गया। उसने अपने पिता से पूछा, "आपने ऐसा कौन–सा पुण्य किया था जिस वजह से आपको इतनी अद्‌भुत शक्ति प्राप्त हुई?" "यह बहुत वर्ष पहले की बात है," गान्धारसेन ने अपने पासे के रहस्य को उजागर करते हुए कहा।

सारला महाभारत में गान्धारसेन सहस्र शास्त्रों का ज्ञाता था। लेकिन वह हमेशा पासे का खेल हार जाता था। तब उसने देवी गंगा को प्रसन्न करने के लिए पन्द्रह वर्षों तक कठोर तप किया। देवी प्रकट हुईं और उन्होंने उससे वर माँगने के लिए कहा। गान्धारसेन ने उनसे ऐसे पासे माँगे जिनसे उसे खेल में हमेशा विजय मिले। देवी ने उसे पासे दिये लेकिन इस शर्त पर कि वह उन्हें तीन साल के बाद वापस लौटा देगा।

इन पासों की मदद से गान्धारसेन ने अनेक राजाओं को हराया और सोना, जवाहरात, हाथी, सेना, इत्यादि के रूप में अथाह सम्पत्ति कमायी। शीघ्र ही यह बात फैल गयी। बड़े–बड़े राजा उससे मिलने में डरने लगे कि कहीं ऐसा न हो कि वह उन्हें पासे के खेल में चुनौती दे दे। जब गान्धारसेन पासे वापस करने के लिए उत्तारंकुर तीर्थ गया तो उसने वहाँ देवी से विनम्रतापूर्वक प्रार्थना की, "हे माँ! मेरे परिवार पर आपका यह अनुग्रह किसी भी रूप में बना रहे।" देवी ने गान्धारसेन की इच्छा मानते हुए कहा कि उसकी मृत्यु के पश्चात् उसके पुत्र को उसकी हथेलियों की हड्डियों से पासे बनाने

होंगे जो पूर्ववत अद्भुत होंगे और इनकी वजह से कोई भी उसके पुत्र को पासे के खेल में हरा नहीं पायेगा। "माँ गंगा के वचन कभी ग़लत नहीं होते हैं, मेरे पुत्र!" ये गान्धारसेन के आख़िरी शब्द थे।

गान्धारसेन के पासों से जुड़ी एक और कहानी भी है जिसमें उसे लालच के फलस्वरूप मिले दण्ड की बात कही गयी है।

देवी गंगा से मिले पासों ने गान्धारसेन का भाग्य बदल दिया। उसे इन पासों की बदौलत अकूत धन सम्पदा और ख्याति मिली जिसने उसके मन में लालच पैदा कर दिया और वह देवी को तीन वर्ष बाद पासे वापस करने के अपने वायदे से मुकर गया। चार वर्ष और बीत गये। देवी के आक्रोश को लेकर गान्धारसेन का भय बढ़ने लगा। अन्ततः सात वर्ष बाद एक दिन उसने देवी को पासे वापस करने का निश्चय किया। गान्धारसेन की इस भूल पर देवी गंगा उससे अत्यन्त नाराज़ थीं। कारण था कि एक दिन देवी को पासों के न होने पर भगवान शिव के क्रोध का शिकार होना पड़ा। देवी ने गान्धारसेन को श्राप दिया, "जाओ गान्धारसेन, तुम्हारा वंश पत्थर के घर में मरेगा।" देवी का श्राप बेहद कठोर था। आख़िर क्यों उन्होंने गान्धारसेन के अपराध का दण्ड उसके समस्त कुटुम्ब को दे दिया। लेकिन जो सारला की गंगा के आवेग, चपलता और अविवेक को जानता है, उसे इस पर अचम्भा नहीं होगा। पासे वापस करते समय गान्धारसेन ने विनती की कि पासों का कौशल किसी भी रूप में देवी उसके परिवार के पास बना रहने दें। देवी ने उसकी इच्छा स्वीकार ली।

द्रौपदी के चीरहरण वाले दिन कौरवों की सभा में शकुनि दुर्योधन की ओर से खेल रहा था। लेकिन सिर्फ वह ही जानता था कि वह अपने भान्जे से बदला लेने के लिए खेल रहा है। जितना भी धन उस दिन दुर्योधन ने जीता था, आगे चल कर उससे कहीं ज़्यादा उसने गँवा दिया। देवी के इस वरदान से जुड़ा उनका अभिशाप भी था, जिसका मतलब था कि लालच का फल कभी मीठा नहीं होता है। कौरवों की सभा में या फिर उसके बाद शकुनि ने कभी उन पासों का इस्तेमाल स्वयं के लिए नहीं किया।

गान्धारसेन जानता था कि देवी का श्राप एक दिन सत्य हो जायेगा, पर कैसे होगा यह नहीं जानता था। जब वह और उसका परिवार भूख और प्यास से मर रहा था, उसने इसका उत्तरदायी दुर्योधन को माना। जबकि वह जानता था कि उस पर देवी का श्राप है और उसने अपने बेटे को भी इस बारे में बताया था। वास्तव में अपने परिजनों की दुर्दशा का कारण तो वह स्वयं था। दुर्योधन तो बस नियति के हाथों में एक कठपुतली मात्र था। गान्धारसेन को अगर इसका अहसास होता तो शायद उसका क्रोध शान्त हो जाता और वह अपने पुत्र शकुनि से दुर्योधन से प्रतिशोध लेने का वचन न लेता।

अपमान और भूख से मरते परिजनों को देख गान्धारसेन निश्चित ही भूल गया होगा कि यह उसके कर्मों का ही फल था। वैसे भी वह एक साधारण व्यक्ति था, न कि भीष्म या द्रोण। भीष्म जानते थे कि वे अम्बा के दोषी हैं और अम्बा उनसे बदला लेना चाहती है। फिर भी बिना अम्बा की जानकारी के उन्होंने प्रतिशोध लेने में उसकी मदद की। धृष्टद्युम्न का जन्म द्रोण को मारने के लिए हुआ था। यह जानते हुए भी द्रोण ने उसे अपने शिष्य के रूप में स्वीकार कर बिना किसी भेदभाव के शिक्षा प्रदान की।

बन्दी से मन्त्री

एक दिन दुर्योधन बरगद के पेड़ के नीचे मूत्र–त्याग कर रहा था। उसने देखा कि उस पेड़ का फल उसके मूत्रधार में बहा जा रहा है। वह यह सोचकर मुस्कुरा दिया कि बरगद का पेड़ इतना बड़ा और ताक़तवर होता है कि उसे तेज़ हवाएँ और भारी वर्षा भी हिला नहीं पाती हैं और इसके फल में तो इस पेड़ के अनेक बीज होते हैं, इसके बावजूद यह उसके मूत्र की धार में बह गया। जब उसकी परिचारिका ने उसे मुस्कुराते देखा तो वह भी मुस्कुरा दी।

दुर्योधन ने उससे पूछा कि वह क्यों मुस्कुरायी।

उसने उत्तर दिया कि उन्हें मुस्कुराते देख वह भी मुस्कुरा दी।

दुर्योधन ने दुबारा पूछा कि क्या वह जानती है कि वह क्यों मुस्कुराया था।

बेचारी परिचारिका परेशानी में पड़ गयी। उसके पास दुर्योधन के प्रश्न का उत्तर नहीं था। साहस जुटाकर उसने एक दिन का समय माँगा। दुर्योधन ने चेतावनी दी कि अगर वह उत्तर देने में असफल रही तो उसे मृत्यु दण्ड दिया जायेगा।

यह वही परिचारिका थी जो दुर्योधन द्वारा बनाये गये पाषाण गृह के क़ैदियों के लिए भोजन ले जाया करती थी। दुखी परिचारिका जब भोजन लेकर गयी तो उसने बन्दी से कहा कि अब वह कल से नहीं आ पायेगी। बन्दी ने कारण पूछा तो उसने रोते हुए स्वयं पर आयी विपदा के बारे में सब कह दिया। बन्दी ने उससे निश्चिन्त होने के लिए कहा और उसे बताया कि वह राजा से कहे कि वह अपने

मूत्र की धार में बहते हुए बरगद के फल को देखकर मुस्कुराया था। अगले दिन परिचारिका ने दुर्योधन को उसके मुस्कुराने का कारण बता दिया। दुर्योधन आश्चर्यचकित हो गया। उसे विश्वास नहीं हुआ कि एक सामान्य सी परिचारिका ने इतने जटिल प्रश्न का उत्तर दे दिया। उसने परिचारिका से पूछा कि उसने किससे सहायता ली है। तब उसने पाषाण गृह के बन्दी के बारे में बताया।

यह बन्दी कोई और नहीं बल्कि शकुनि था।

दुर्योधन ने सोचा कि जिसके पास उसके भूत, वर्तमान और भविष्य जानने का कौशल है वह निश्चित ही आगे चलकर उपयोगी साबित होगा। तेरह माह पश्चात् दुर्योधन पाषाण गृह गया और अपनी माँ गान्धारी की चेतावनी को अनसुना करते हुए शकुनि को मुक्त कर पंचकटक का महामन्त्री नियुक्त किया।

गान्धारी दुर्योधन के निर्णय से सहमत नहीं थी। उसने दुर्योधन को आगाह किया कि उसका भाई शकुनि निश्चित रूप से अपना प्रतिशोध लेगा। और यही शकुनि ने किया भी।

कौरव बहुत शक्तिशाली थे और शकुनि के पास इतना सामर्थ्य नहीं था कि वह अपने परिजनों की हत्या का प्रतिशोध ले सके। शकुनि ने वही किया जो एक कमज़ोर एक शक्तिशाली को हराने के लिए कर सकता था। उसने सीधे रास्ते के बजाय कुटिलता का सहारा लिया। जल्द ही वह युवराज दुर्योधन का विश्वासपात्र और प्रमुख सलाहकार बन गया। शकुनि के परामर्श ने दुर्योधन को कुरुक्षेत्र के विनाशकारी युद्ध की ओर धकेल दिया जबकि सभी कौरव अग्रज युद्ध के विरुद्ध थे।

भीमावतार का प्रथम अध्याय

दुर्योधन ने लाक्षागृह का निर्माण पाण्डवों को मारने के लिए करवाया था। लेकिन चाचा विदुर की मदद से पाण्डव और माता कुन्ती लाक्षागृह में लगी भीषण आग से बच गये। वहाँ से निकलने के बाद वे सुरनदी के तट पर पहुँचे जो उस समय अपने पूरे उफान पर थी।[1] बारिश बहुत तेज़ हो रही थी, आसमान बादलों से ढँका था और चारों तरफ़ घुप्प अँधेरा था। विदुर ने उन्हें नदी के पार जाने की सलाह दी थी और उनसे कुछ समय तक छिप कर रहने के लिए भी कहा था जिससे दुर्योधन को लगे कि वे सब मर चुके हैं। इसके लिए उन्होंने पाण्डवों के लिए नदी को पार करने की भी व्यवस्था कर रखी थी।

तट पर कण्डेयार नाम का नाविक उनसे मिला। सभी लोग उसकी नाव में बैठ गये। लेकिन थोड़ी ही दूर जाने के बाद नाव डगमगाने लगी। कारण था छह लोगों का भार जिसमें भीम का वज़न बाक़ी पाँच के कुल वज़न से कहीं ज़्यादा था और साथ में उसके पास दो बड़ी–बड़ी भारी गदाएँ भी थीं। सहदेव ने उन गदाओं को नदी में फेंक देने की सलाह दी और कहा कि वापसी में वे इन्हें नदी से निकाल लेंगे। भीम ने गदाओं को नदी में फेंक दिया। लेकिन उन गदाओं का वज़न इतना अधिक था कि उनके फेंकने से नदी में रह रहा जलप्रभा नाम का विशालकाय कुम्भीर (मगरमच्छ) जाग गया। मगरमच्छ ने पानी के बाहर निकल कर गर्जना की, "दे दो!" "दे दो!" यह देख युधिष्ठिर ने कण्डेयार से मगरमच्छ के बारे में पूछा।

1. गंगा नदी को ही सुरनदी के नाम से सम्बोधित किया गया है।

कण्डेयार ने बताया कि यह मगरमच्छ एक राक्षस है जो इस रास्ते से निकलने वाली नाव में बैठे लोगों से खाने के लिए मानव शरीर माँगता है। "इस राक्षस से बचने का कोई उपाय नहीं है। हमें भी किसी एक की बलि देनी पड़ेगी। भोजन न मिलने पर यह पूरी नाव डुबो देगा और सबको खा जायेगा," उसने युधिष्ठिर को चेताया।

युधिष्ठिर असमंजस में पड़ गये। उन्होंने अपने बगल में बैठे भीम से पूछा, "हम किसको राक्षस का आहार बनायें।" भीम ने तुरन्त ही सहदेव का नाम लिया, "वह सबसे छोटा है और किसी काम का नहीं है।" युधिष्ठिर तैयार नहीं हुए। उन्होंने कहा कि सहदेव ही है जिसे भूत भविष्य का ज्ञान है और जो एक कुशल मन्त्री बन सकता है। इसके अलावा वही हम पाँचों में पाण्डु के वीर्य से उत्पन्न हुआ है जिस कारण से शायद उसके साथ दुर्योधन राज्य साझा करने को तैयार हो जाये। यह कहकर उन्होंने भीम से किसी और का नाम लेने के लिए कहा। "तब तो फिर नकुल, वह हमेशा अपने रंग–रूप को सँवारता रहता है और आराम की ज़िन्दगी जीने का आदी है। उसको जंगल में रहने में बहुत तकलीफ़ होगी," भीम ने निःसंकोच कहा। लेकिन युधिष्ठिर राज़ी नहीं हुए। "नकुल हमारी सौतेली माता का पुत्र है। उनके न होने से उसकी सुरक्षा करना हमारा पहला कर्तव्य है। इसलिए उसे इस राक्षस को सौंपने का तो कोई प्रश्न ही नहीं उठता है," धर्मपुत्र ने स्पष्ट किया। "तब तो हमें अर्जुन को दे देना चाहिए। वह इतना अधिक दयालु है कि शत्रुओं का भी ध्यान रखता है। इस वजह से वह युद्ध में समस्या का कारण बनेगा," भीम ने अगला सुझाव दिया। युधिष्ठिर ने फिर से मना कर दिया और कहा, "अर्जुन कृष्ण को बहुत प्रिय है। इसके अलावा अजेय होने के कारण गुरु द्रोण ने भी उसका ख़ास ध्यान रखने के लिए कहा था। उनका कहना था कि वह हम सभी के लिए शुभ सिद्ध होगा।" युधिष्ठिर की ऐसी बातें सुन भीम ने तुनक कर कहा कि वह यह अच्छी तरह से जानता है कि वे स्वयं तो राक्षस के पास नहीं जायेंगे लेकिन अगर उनका विचार उसे राक्षस के पास भेजने का है तो वह भी उनकी बात नहीं मानेगा। युधिष्ठिर कुछ नहीं बोले।

तब भीम ने एक और सुझाव दिया, "हमें माता को राक्षस के पास भेज देना चाहिए। वे अपना जीवन जी चुकी हैं और अब बूढ़े हो जाने के कारण उनके लिए जंगल में जीवन जीना काफ़ी कठिन होगा।" युधिष्ठिर यह सुनकर परेशान हो गये। उन्होंने भीम को ज़ोर की फटकार लगायी कि कैसे उसके मन में इतना घटिया विचार आया।

भीम के लिए युधिष्ठिर का डाँटना नया नहीं था। उसे इस तरह की फटकार पहले भी कई बार लग चुकी थी। इसलिए बिना अचकचाये उसने युधिष्ठिर को एक और सुझाव दिया, "यह नाव वाला तो हमारे परिवार से नहीं है, क्यों न हम इसे राक्षस को दे दें।" इस बार युधिष्ठिर ने भीम को डाँटा नहीं लेकिन वे शान्त हो गये। कुछ पल बाद उनके चेहरे पर फीकी मुस्कान आयी और उन्होंने भीम से कहा, "तुममें ज़रा भी नैतिकता नाम की चीज़ नहीं है, अगर होती तो जो इस बुरे समय में हमारा साथ दे रहा है उसके बारे मे तुम ऐसा न सोचते।"

अब युधिष्ठिर अपनी माँ की तरफ़ मुड़े और उनसे पूछा, "अपने तीन पुत्रों में से तुम किसे इस राक्षस को देना चाहोगी।" कुन्ती ने बिना समय गवाँये भीम का नाम लिया। उसने कहा, "भीम के कारण ही उन्होंने धृतराष्ट्र का स्नेह खो दिया। वह खाना भी बहुत खाता है और उसे क्रोध भी बहुत अधिक आता है। यह विनती करके खाना नहीं माँग सकता है। अगर किसी ने उसे खाना देने से मना कर दिया तो कोई नहीं जानता कि वह क्या करेगा। या तो वह उसका घर तोड़ देगा या फिर उसके घरवालों की पिटाई कर देगा। इससे छुटकारा पाना ज़्यादा अच्छा है इसलिए इसे ही राक्षस को दे देना चाहिए," कुन्ती ने भीम की तरफ़ इशारा करते हुए युधिष्ठिर से कहा।

ऐसा लगा कि भीम को अपनी माँ के शब्द चुभ गये हालाँकि उसके लिए यह कोई नयी बात नहीं थी। "मैं तुम्हारा मन जानता हूँ, माँ!" यह कह कर भीम पानी में कूद गया। उस विशालकाय मगरमच्छ ने उसे एक बार में ही निगल लिया। आख़िर उसके सामने भीम एक कीड़े की तरह ही था।

अब नाव के उस पार जाने में कोई समस्या नहीं रह गयी थी। सब लोग सुरक्षित किनारे पहुँच गये लेकिन भीम को याद करके पाण्डव रोने लगे। वे बहुत दुखी थे। कुन्ती ने उन्हें सान्त्वना देते हुए जंगल की तरफ़ चलने के लिए कहा, "रात समाप्त होने वाली है इसलिए नदी के किनारे पर खड़े रहना अब ख़तरे से ख़ाली नहीं होगा। अब जो जा चुका है उसके लिए प्रतीक्षा करने का कोई मतलब नहीं है।" "तुम कितनी निर्दयी हो, माँ!" युधिष्ठिर ने रुँधे गले से कहा। उनकी आँखें आँसुओं से भरी थीं। कुन्ती ने युधिष्ठिर का हाथ पकड़ा और 'नृसिंह' 'नृसिंह' कहते हुए सभी को जंगल की तरफ़ ले गयी।

उधर भीम बिना किसी नुक़सान के राक्षस के पेट में बैठा हुआ था। जब उसने महसूस किया कि वे सब उसके बिना ही जंगल की तरफ़ चले गये हैं तो वह आग बबूला हो गया। उसने तुरन्त ही उस राक्षस का पेट चीर दिया और 'जगन्नाथ' 'जगन्नाथ' कहते हुए बाहर निकल आया। जब वह किनारे पर पहुँचा तो उसने कण्डेयार को देखा जो उस समय लौट रहा था। उसे याद आया कि जिस समय उसके भाई और माँ उसे राक्षस को देने की बात कर रहे थे उस समय कण्डेयार ने उनका समर्थन किया था। भीम को गुस्सा आ गया। उसने कण्डेयार को ज़ोर का तमाचा मारा और उसकी गर्दन मरोड़ दी। कण्डेयार मर गया।[1] इस तरह पाण्डवों के जीवित होने का एकमात्र गवाह ख़त्म हो गया और भीम जंगल की तरफ़ चल पड़ा।

जब पाण्डवों ने पीछे से आ रहे भारी–भारी क़दमों की आवाज़ सुनी तो वे घबरा गये। युधिष्ठिर तो बुरी तरह डर गये। उन्हें लगा कि वह राक्षस अब भी उनका पीछा कर रहा है और अब उन सबको खा जायेगा। लेकिन कुन्ती निश्चिन्त थी। वह अपने पुत्र भीम के बल और क्षमता को पहचानती थी। उसने कहा, "यह तुम्हारा भाई भीम है जो उस मगरमच्छ को मार कर वापस आ रहा है।" वास्तव में भीम

---

1. अकादेमी के हिन्दी संस्करण के आदि पर्व में भीम के मारने से केवट की मृत्यु नहीं हुई थी।

का जन्म निर्वातकवच नाम के दैत्य के चार पुत्रों–कुम्भीर, किन्नर, हिडिम्ब, और बकासुर–के वध के लिए हुआ था।[1] बाद में इन चारों दैत्यों की एकमात्र बहन हिडिम्बकी से भीम का विवाह हुआ था।

जल्दी ही भीम उनके पास पहुँच गया। उसने अपनी माँ को दण्डवत प्रणाम किया। युधिष्ठिर ने आल्हादित होकर उसे अपने गले से लगा लिया और पूछा, "तुम बाहर कैसे आये, मेरे भाई! हम सभी नें तो राक्षस को तुम्हें निगलते हुए देखा था।" भीम ने छोटा–सा जवाब दिया, "मैंने उसके शरीर को अन्दर से फाड़ा और बाहर निकल आया। मुझे तुम लोगों के पास जल्दी पहुँचना था। मुझे पता था कि तुम सब थके हुए हो और आगे चलना तुम्हारे लिए मुश्किल होगा।" यह कहते हुए भीम ने माता कुन्ती और भाइयों को अपने सिर और कन्धे पर बिठा लिया और आगे बढ़ गया।

1. व्यास महाभारत में कुम्भीर वध का प्रसंग नहीं है। हिडिम्बक के मित्र और बकासुर के भाई किर्मीर का वध भीम ने पासे के खेल में हारने के बाद हुए वनवास के दौरान किया था।

बकासुर वध

त्रेता युग में हनुमान पवन देव के पुत्र थे और द्वापर युग में भीम। लेकिन दोनों का स्वभाव एकदम अलग था। हनुमान देवता के रूप में पूजे जाते हैं जबकि भीम देवपुत्र ही कहलाये। मनुष्यों की तुलना में कहीं अधिक शक्तिशाली लेकिन धैर्यहीन यह पवनपुत्र बिना सोचे–समझे लड़ाई–झगड़े में कूद जाया करता था। जब वह अपने शत्रुओं से लड़ता था तो अत्यन्त घृणा के साथ लड़ता था। जब भीम छोटा था तभी कुन्ती जान गयी थी कि वह कभी कुशल तीरन्दाज़ नहीं बन पायेगा क्योंकि उसके लिए सूझ–बूझ और एकाग्रता की आवश्यकता होती है जो भीम के पास बिल्कुल भी नहीं थी।

एक बार गुरु द्रोण ने तीरन्दाज़ी की परीक्षा रखी। दूर पहाड़ी पर एक खम्भे के ऊपर एक तिनका रखा। उस पर एक टुकड़ा धान का फिर एक छोटा फल और सबसे ऊपर सरसों का एक दाना रखा। उन्होंने अपने सभी विद्यार्थियों से पूछा कि उन्हें क्या दिख रहा है। सबसे सटीक उत्तर अर्जुन का था–सरसों का दाना। भीम को केवल खम्भा और तिनका ही दिखा।

लड़ाई–झगड़े से उसका मन कभी नहीं भरता था। वह बहुत आसानी से उत्तेजित हो जाता था। एक बार उत्तेजित हो जाये तो फिर वह हिंसक हो जाता था और उसकी भाषा अपमानजनक एवं अभद्र हो जाती थी। उसके उग्र और हिंसक स्वभाव की वजह से ही कुन्ती और युधिष्ठिर उसे दुष्ट कहते थे। भीम न केवल झगड़ालू और गुस्सैल था बल्कि पेटू और कामुक भी था। उसने अपनी पत्नी हिडिम्बा के साथ

उन्मुक्त होकर प्रेम किया। पाण्डवों में भी केवल वही द्रौपदी के साथ अधिक से अधिक समय बिताने की कोशिश करता था। लेकिन अपनी पत्नियों के अलावा उसने कभी किसी परायी स्त्री पर नज़र नहीं डाली।

इसी तरह भीम का निद्रा प्रेम भी किसी से छुपा नहीं था। हालाँकि वह अपनी नींद कभी पूरी कर पाया हो या न कर पाया हो लेकिन विषम परिस्थितियों में भी उसकी पेटपूजा का इन्तज़ाम किसी–न–किसी तरीक़े से हो ही जाता था जैसे बकासुर राक्षस के वध के समय हुआ।

कुम्भीर, किन्नर और हिडिम्ब इन तीनों दैत्यों को मारने के बाद भीम, कुन्ती और अन्य पाण्डव एकचक्रा नाम के नगर में पहुँचे। वहाँ उन्हें ब्राह्मण वेद शर्मा के घर में शरण मिली। उस नगर के बाहर बकासुर नाम का राक्षस रहता था। उसके भोजन के लिए गाँव के प्रत्येक घर से बारी–बारी बैलगाड़ी भर कर मिष्ठान, फल, अनाज और एक मनुष्य भेजा जाता था। अबकी बार वेद शर्मा के घर की बारी थी। पूरा परिवार रोने लगा। कुन्ती ने उनके विलाप का कारण पूछा। यह जानने पर कि अब ब्राह्मण के परिवार से किसी एक को असुर का भोजन बनना पड़ेगा, कुन्ती ने भीम को जंगल भेजने का निश्चय किया।

ब्राह्मण की पत्नी अचम्भे में पड़ गयी। उसने कुन्ती से पूछा, "आख़िर क्यों तुम अपने इतने सुन्दर और बलिष्ठ पुत्र की बलि देना चाहती हो?" कुन्ती ने उत्तर दिया, "यह स्वभाव से इतना दुष्ट है कि भिक्षा नहीं माँग सकता है। इसके भाई जो माँग कर लाते हैं उसका आधा तो यही खा जाता है पर फिर भी इसका पेट नहीं भरता।" लेकिन ब्राह्मण परिवार ने मना कर दिया। उनका कहना था कि कुन्ती और उसका परिवार उनके अतिथि हैं इसलिए उसके पुत्र को वे अपनी जगह असुर का भोजन बनने नहीं भेज सकते हैं। लेकिन कुन्ती ने उन्हें समझाया, "तुम लोगों ने विपत्ति के समय हमें अपने घर शरण दी थी इसलिए तुम्हारे कष्ट में सहयोग करना हमारा कर्तव्य है। मेरा यह पुत्र किसी काम का नहीं है इसलिए इसे राक्षस के पास भेज दो।"

जब युधिष्ठिर को यह बात पता चली तो वे चिन्तित हो गये और उन्होंने कुन्ती से भीम को भेजने का कारण पूछा। "मैं भीम के बल को जानती हूँ। इसके पैदा होने के बाद मैं इसे गोद में लिए हुई थी, उसी समय एक बाघ पर्वत के नीचे आकर गर्जन करने लगा। भय के कारण मेरे हाथ से भीम छूट कर नीचे गिर गया। इसके गिरने से शतश्रृंग पर्वत तो नीचे धँस गया लेकिन इस पर कोई असर नहीं हुआ। जब बाघ भीम को खाने के लिए पहुँचा तो यह खेल–खेल में अपने पैर हिला रहा था। इसके पैर का अँगूठा लगने मात्र से उस बाघ का सिर चूर–चूर हो गया और पर्वत भी टूट गया। पर्वतराज क्रोधित हो गये और उन्होंने भीम को श्राप दिया कि उसका प्रथम प्रहार उन पर होने के कारण वह युद्ध पहली बार में हार जायेगा। मेरे प्रतिवाद करने पर पर्वतराज को अपनी भूल का अहसास हुआ और उन्होंने भीम को वरदान दिया कि हर युद्ध में वह अपना प्रथम दाँव हारेगा लेकिन दूसरी बार में वे इसके शरीर में वास करेंगे जिस वजह से इसे कोई हरा नहीं पायेगा," कुन्ती ने युधिष्ठिर को आश्वस्त किया।[1]

कुन्ती ने भीम से उस असुर का भोजन बनने के लिए जंगल जाने के लिए कहा। बहुत दिनों से भिक्षा में मिलते थोड़े से भोजन से भीम काफ़ी नाख़ुश था। इसलिए जब उसने भोजन से भरी बैलगाड़ी देखी तो मन ही मन प्रसन्न हो गया। जंगल पहुँच कर वह बैलगाड़ी में भरे भोजन को खाने में जुट गया। जब बकासुर आया तब भी भीम खाना खाने में लगा रहा। यह देख बकासुर क्रोधित हो गया और उसने भीम पर हमला कर दिया। लेकिन भीम खाना खाने में मस्त रहा। वह उस विशालकाय राक्षस से निपटने के लिए तभी खड़ा हुआ जब उसने पूरा भोजन खा लिया। और फिर बड़ी आसानी से उसने बकासुर का वध कर दिया।

---

1. व्यास महाभारत में पर्वतराज ने भीम को श्राप नहीं दिया था।

हिडिम्बकी और द्रौपदी का आमना-सामना

कुम्भीर और किन्नर वध के बाद पाण्डव और माता कुन्ती हिडिम्ब दैत्य के इलाक़े में पहुँचे। वहाँ हिडिम्बकी ने उनको वन में विश्राम करते हुए देखा।

हिडिम्बकी भीम को देखते ही उस पर मोहित हो गयी और उसने भीम से विवाह करने का निश्चय किया। लेकिन वह जानती थी कि उसका राक्षस भाई हिडिम्ब इसकी अनुमति कभी नहीं देगा क्योंकि उसका इरादा तो पाण्डवों और उनकी माँ को मार कर खा जाने का था। इसलिए हिडिम्बकी ने भीम को अपने भाई की मृत्यु का राज़ बताया और उसे मारने के लिए एक विशेष शस्त्र भी दिया। जब भीम और हिडिम्ब का युद्ध हो रहा था, हिडिम्बकी निद्रामग्न कुन्ती और अन्य पाण्डवों की सुरक्षा कर रही थी। कुन्ती ने हिडिम्बकी की शिष्टता और सुघड़ता से प्रभावित होकर उसके और भीम के विवाह को अनुमति दे दी।

भीम और हिडिम्बकी के एक पुत्र हुआ जिसका नाम कुन्ती ने घटोत्कच रखा। कुछ समय बाद कुन्ती और पाण्डवों ने जंगल में आगे प्रस्थान किया और हिडिम्बकी अपने पुत्र के साथ अकेली रह गयी। बकासुर वध होने के बाद पाण्डवों का द्रौपदी से विवाह हुआ, लेकिन किसी ने भी हिडिम्बकी को सूचित करने की आवश्यकता नहीं समझी।

वन से लौटने के बाद युधिष्ठिर ने राजसूय यज्ञ का आयोजन किया। ऋषि व्यास ने यज्ञ की अग्नि प्रज्वलित करने के लिए मन्त्रों का उच्चारण किया। लेकिन अग्नि प्रकट नहीं हुई। ऋषि दुर्वासा और

अन्य सभी सोच में पड़ गये। नारद मुनि ने इसका कारण युधिष्ठिर का सन्तानहीन होना बताया। और तब सभी को भीम के पुत्र घटोत्कच की याद आयी। व्यास ने कहा कि पाण्डव पंचतत्त्वों का स्वरूप हैं इस वजह से घटोत्कच युधिष्ठिर का भी बेटा हुआ। कृष्ण ने भीम से अपने पुत्र को बुलाने के लिए कहा। भीम ने घटोत्कच को सन्देश भिजवाया।

घटोत्कच के इन्द्रप्रस्थ जाने की तैयारी करते हुए उसकी माँ हिडिम्बकी ने उसे सभा का शिष्टाचार समझाया। उसने बताया कि वहाँ सर्वप्रथम उसे अपने पिता को फिर कृष्ण को फिर ऋषि व्यास और फिर राजा युधिष्ठिर को प्रणाम करना चाहिए। इसके अलावा उसे किसी अन्य को प्रणाम करने की आवश्यकता नहीं है। घटोत्कच ने द्रौपदी की याद दिलाते हुए इस पर एतराज़ किया। उसने अपनी माँ से कहा कि वह ईर्ष्यावश उससे ऐसा करने के लिए कह रही है। "अग्नि से जन्मी द्रौपदी एक ब्राह्मण राजा की पुत्री है, यज्ञस्थल पर उसे राजा युधिष्ठिर की पत्नी का स्थान मिला हुआ है। जहाँ हज़ारों राजा द्रौपदी का अभिवादन और सम्मान कर रहे होंगे, वहाँ मेरे प्रणाम न करने से वह अपमानित महसूस करेगी। ऐसे में उसका क्रोध मुझे नष्ट कर देगा," घटोत्कच ने अपनी माँ को समझाने का प्रयास किया।

हिडिम्बकी नहीं मानी और उसने तर्क दिया कि जंगल का राजा होने के कारण वह स्वयं भी आम मनुष्यों के लिए पूजनीय है। इसके अलावा पाँच पुरुषों की पत्नी होने के कारण द्रौपदी एक चरित्रहीन स्त्री है और ऐसी स्त्री को प्रणाम करने से आयु घटती है। लेकिन जब हिडिम्बकी को महसूस हुआ कि द्रौपदी को लेकर घटोत्कच का भय दूर नहीं हुआ है तो उसने उसके साथ इन्द्रप्रस्थ जाने का निर्णय किया।

सभा में घटोत्कच ने वैसा ही किया जैसा उसकी माँ ने उसे कहा था। द्रौपदी आगबबूला हो गयी। उसने घटोत्कच पर चिल्लाते हुए कहा कि वह न केवल राजा युधिष्ठिर की रानी है बल्कि एक ब्राह्मण राजा की पुत्री भी है, ऐसे में उसका क़द पाण्डवों से भी ऊँचा है। फिर भी अपनी माँ के कहने पर उसने ऋषियों और राजाओं की इस गौरवशाली सभा में उसका अपमान करने का साहस किया है।

क्रोधित द्रौपदी ने घटोत्कच को श्राप दिया कि एक दैवी अस्त्र उसकी छाती को चीर देगा और अल्पायु में ही वह बिना युद्ध किये मारा जायेगा। बिना युद्ध के मरना किसी भी क्षत्रिय के लिए उस समय अभिशाप के समान था। बेचारा घटोत्कच जो अभी एक बालक ही था डरकर पीछे हट गया।

उस समय हिडिम्बकी द्वार पर प्रतीक्षा कर रही थी। क्योंकि सभा में सिर्फ़ पुरुष ही उपस्थित थे और वह उन सभी से अपरिचित थी। जब उसने द्रौपदी का श्राप सुना तो वह स्वयं पर क़ाबू न रख सकी। वह तेज़ी से उसके पास पहुँची। उसने द्रौपदी को दुष्ट और अधर्मी स्त्री पुकारते हुए कहा कि कैसे एक भली स्त्री के पाँच पति हो सकते हैं। वह द्रौपदी पर चिल्लायी कि उसका बेटा एक राजा है, ऐसे में वह उसे प्रणाम करने के लिए बाध्य नहीं है। और फिर द्रौपदी को चुनौती देते हुए उसने कहा कि वह जानती है कि एक दिन उसका श्राप सत्य हो जायेगा लेकिन तब भी उसका पुत्र नायक की भाँति ही मरेगा क्योंकि सिर्फ़ योद्धा की ही छाती पर वार होता है। उसने द्रौपदी से पूछा कि सौतेली माँ ही सही लेकिन तब भी एक माँ होने के नाते उसने एक अबोध बालक को कैसे श्राप दे दिया। जबकि उसके सन्तानहीन होने के कारण उसे तो श्राप देने का अधिकार भी नहीं है। हिडिम्बकी का क्रोध चरम सीमा पर था और उसने द्रौपदी को श्राप दिया कि भविष्य में उसकी पाँचों सन्तानों का सात वर्ष की आयु में ही सिर धड़ से अलग हो जायेगा।

सभा में उपस्थित सभी लोग सकते में थे। कृष्ण ने व्यास से श्राप के बारे में पूछा। भूत भविष्य के ज्ञानी ऋषि ने बताया कि किस तरह घटोत्कच और द्रौपदी के पाँचों पुत्रों की मृत्यु होगी। कृष्ण यह सुन कर प्रसन्न हो गये। वे द्रौपदी और हिडिम्बकी के पास पहुँचे और उन्हें समझा–बुझाकर शान्त किया। इस तरह दो स्त्रियों के क्रोध ने पाण्डव वंश का नाश कर दिया। उनके शत्रुओं ने आगे चल कर जो कुछ भी किया वह मात्र एक औपचारिकता थी।

सभा में किसी ने भी घटोत्कच के तथाकथित नियम उल्लंघन पर विचार नहीं किया। शायद यह सब कुछ इतनी जल्दी हुआ कि किसी को भी सोचने का अवसर नहीं मिला। और जब श्राप दे दिये गये तो यह सब सोचने का कोई अर्थ नहीं रह गया। हिडिम्बकी का मानना था कि घटोत्कच राजा है और इस वजह से वह किसी को भी प्रणाम करने के लिए बाध्य नहीं है। लेकिन जब वह द्रौपदी को उलाहना देती है कि कैसे एक माँ होने के बावजूद उसने इतना कठोर श्राप दिया, वह भूल गयी कि माँ होने के नाते ही द्रौपदी घटोत्कच से सम्मान पाने की अधिकारी थी। दूसरी तरफ़ द्रौपदी ने ब्राह्मण होने का हवाला दिया जबकि नियमों के हिसाब से क्षत्रिय पाण्डवों से विवाह के बाद द्रौपदी ब्राह्मण नहीं रही थी।

लेकिन किसी पर क्या आरोप लगाना, जब कहानी पहले ही लिखी जा चुकी थी। द्रौपदी, घटोत्कच और हिडिम्बकी ने अपनी भूमिका निभायी और समय आने पर आगे कर्ण, अश्वत्थामा और कृष्ण ने अपना काम किया।

पासे का पहला खेल

युधिष्ठिर, द्रौपदी और माता कुन्ती के साथ वारुणावन्त में अकेले थे। अकस्मात् उनकी इच्छा अपने ताऊ धृतराष्ट्र से मिलने की हुई। अन्य पाण्डव, ख़ास तौर से भीम, हस्तिनापुर जाना पसन्द नहीं करते थे, लेकिन वे युधिष्ठिर को अकेले भी जाने नहीं देते थे। पर उस दिन युधिष्ठिर को रोकने वाला कोई नहीं था, क्योंकि बाक़ी पाण्डव द्वारिका गये हुए थे। युधिष्ठिर धृतराष्ट्र से मिलने हस्तिनापुर पहुँचे।

धृतराष्ट्र ने युधिष्ठिर का गर्मजोशी के साथ स्वागत किया और कहा कि कितना अच्छा होता कि उसके सौ दुष्ट पुत्रों की बजाय एक युधिष्ठिर जैसा सज्जन पुत्र होता। युधिष्ठिर ने धृतराष्ट्र की बात को काटते हुए कहा, "आप अन्यथा ही दुर्योधन को कम आँक रहे हैं जबकि मेरे लिए भीम की अपेक्षा दुर्योधन ज़्यादा मायने रखता है।" युधिष्ठिर के कथन से धृतराष्ट्र आश्वस्त हो गया। बेचारा अन्धा धृतराष्ट्र जानता था कि पाण्डवों के सामने उसके सौ पुत्र कुछ भी नहीं हैं। उसे सबसे ज़्यादा भय भीम का था। वह जानता था कि केवल युधिष्ठिर ही भीम को रोक सकते हैं और शायद यही कारण था कि वह युधिष्ठिर का इतना अच्छे से स्वागत करता था।

धृतराष्ट्र से मिलने के बाद युधिष्ठिर कौरव सभा पहुँचे।[1]

1. पासे के खेल के समय सारला महाभारत में दुर्योधन हस्तिनापुर का राजा था। लेकिन व्यास महाभारत में धृतराष्ट्र हस्तिनापुर का राजा था और दुर्योधन के कहने पर उसने युधिष्ठिर को पासे खेलने के लिए हस्तिनापुर आमन्त्रित किया था। युधिष्ठिर, अन्य पाण्डव और द्रौपदी सभी हस्तिनापुर आये। सभा में खेल और द्रौपदी के चीरहरण के समय राजा धृतराष्ट्र भी उपस्थित थे, जबकि सारला महाभारत में ऐसा नहीं था।

वहाँ उपस्थित सभी अग्रजों को उन्होंने प्रणाम किया। सिवाय दुर्योधन के सभी ने युधिष्ठिर का प्रेम के साथ स्वागत किया। सभा में कुछ ख़ास नहीं हो रहा था। सभी अपने में मशगूल थे। सबसे अलग और बेपरवाह सा दिख रहा शकुनि एक कोने में पासे खेल रहा था। वह अकेले ही पासे फेंकता और गोटियाँ चलता। किसी का भी ध्यान उसकी तरफ़ नहीं था। युधिष्ठिर एक जगह बैठ गये। उनका ध्यान बार–बार शकुनि के पासों की तरफ़ जाने लगा। अचानक युधिष्ठिर खड़े हुए। वे शकुनि के पास गये और पूछा, "मामा! क्या हम एक–एक बाजी खेल लें।" लेकिन उत्तर की प्रतीक्षा किये बिना ही वे ज़मीन पर खड़िया से खेल का खाका खींचने लगे। सभी युधिष्ठिर का उत्साह देखकर आश्चर्यचकित हो गये। अप्रत्याशित रूप से दुर्योधन भी बिना किसी निमन्त्रण के वहाँ पहुँच गया।

युधिष्ठिर और दुर्योधन के बीच यह पहला पासे का खेल नहीं था। दोनों राजसभा में अक्सर पासे खेला करते थे। दुर्योधन ने शकुनि से आगे खिसकने के लिए कहा ताकि वह बैठ सके। अब युधिष्ठिर और दुर्योधन आमने–सामने बैठे थे और शकुनि उनके बीच में। युधिष्ठिर ने पूछा, "दाँव पर क्या लगायें," जिस पर दुर्योधन ने अपने आभूषण उतार कर रख दिये और शकुनि से उसकी तरफ़ से पासे फेंकने के लिए कहा।

खेल शुरू हो गया और तभी शकुनि को अपने पिता को दिया वचन याद आया।[1] उसे अहसास हुआ कि अपने पिता के दिये पासों की सहायता से दुर्योधन से प्रतिशोध लेने का अवसर आ गया था।

सभा में कोई भी शकुनि के पासों का रहस्य नहीं जानता था।

शकुनि ने अपने चमत्कारी पासों का इस्तेमाल किया और युधिष्ठिर हारने लगे। पहली बाजी हारने पर ही भीष्म ने उन्हें आगाह किया।

1. व्यास की कथा में पाण्डवों के इन्द्रप्रस्थ राज्य का वैभव देखने के बाद दुर्योधन अत्यन्त परेशान हो गया था। शकुनि ने उसे पासे के खेल में पाण्डवों को बुलाने का सुझाव दिया और आश्वस्त किया कि पासे के खेल में वह पाण्डवों से उनका सब कुछ छीन लेगा।

लेकिन युधिष्ठिर नहीं माने। उधर जब अन्य पाण्डव वारुणावन्त पहुँचे तो उन्हें युधिष्ठिर के हस्तिनापुर में अकेले होने का पता चला। बिना समय गँवाये वे सब वहाँ पहुँचे। लेकिन तब तक राजा द्रुपद से उपहार स्वरूप मिली अपनी समस्त सम्पदा दाँव पर हारने के बाद युधिष्ठिर ने स्वयं को और अपने भाइयों को दाँव पर लगा दिया था। पाण्डव दुर्योधन के दास बन गये। लेकिन जीतने की तीव्र लालसा में युधिष्ठिर ने अन्ततः द्रौपदी को भी दाँव पर लगा दिया।

सूर्यदेव की ऋण मुक्ति

पासे के खेल में जब युधिष्ठिर द्रौपदी को भी हार गये तो दुर्योधन का अहंकार चरम पर पहुँच गया। उसने दुःशासन को द्रौपदी को सभा में लाने का आदेश दिया। लेकिन जब उसे द्रौपदी के मासिक धर्म के बारे में पता चला तो उसने आगे कुछ नहीं कहा।[1] उसका मानना था कि रजस्वला स्त्री का सामने आना पुरुष के लिए विपत्ति और कष्ट का कारण बनता है। लेकिन शकुनि ने हस्तक्षेप करते हुए कहा कि जिसके पाँच पति हों वह स्त्री वेश्या समान है और वेश्याओं के मामले में यह परहेज़ लागू नहीं होता है।[2] "उसे तो निर्वस्त्र कर देना चाहिए," शकुनि ने दुर्योधन को भड़काया। और तब दुर्योधन ने दुःशासन को द्रौपदी को सभा में खींच कर लाने का आदेश दिया।

दुःशासन द्रौपदी को घसीटते हुए सभा में ले आया। दुर्योधन ने द्रौपदी का उपहास करते हुए ताना मारा कि यदि उसके पति उसकी रक्षा कर पाने में असमर्थ हैं तो वह अपने प्रिय कृष्ण का आह्वान क्यों नहीं करती। द्रौपदी ने उसे चेताया कि वह कृष्ण को हल्के में न ले। दुर्योधन क्रोधित हो गया। उसने द्रौपदी को कृष्ण को बुलाने की चुनौती देते हुए दुःशासन को द्रौपदी को निर्वस्त्र

---

1. व्यास महाभारत में दुर्योधन द्रौपदी के रजस्वला होने की बात जानते हुए भी उसे सभा में लाने के लिए अड़ा था।

2. व्यास की कथा में कर्ण ने द्रौपदी की तुलना वेश्या से करते हुए उसे विवस्त्र करने के लिए दुर्योधन को भड़काया था। यहाँ कवि ने यह बात शकुनि के माध्यम से शायद इसलिए कही क्योंकि कर्ण जानता था कि पाण्डव उसके भाई हैं।

करने का आदेश दिया।[1] यह चुनौती वैसी ही थी जैसी हिरण्यकशिपु ने प्रह्लाद को दी थी। शायद द्रौपदी के चीरहरण के ज़रिये दुर्योधन का इरादा पाण्डवों से ज़्यादा कृष्ण को अपमानित करना था।

जैसे ही दुःशासन द्रौपदी की तरफ़ बढ़ा, द्रौपदी ने भाग कर अपने पतियों से रक्षा की गुहार लगाई। पाण्डवों ने अपनी असमर्थता व्यक्त की। लेकिन जब दुःशासन ने भीम पर तंज़ कसा तो वह अपनी गदा उठा कर उसे मारने दौड़ा। किन्तु युधिष्ठिर ने यह कहते हुए उसे रोक दिया कि द्रौपदी के लिए उसे अपने भाई पर हाथ नहीं उठाना चाहिए, पाण्डवों को सौ द्रौपदी मिल सकती हैं लेकिन भाई नहीं।

तब द्रौपदी ने कृष्ण को पुकारा जो उस समय अपनी पत्नी सत्यभामा के साथ पासे खेल रहे थे। वे तुरन्त ही उठ खड़े हुए। उन्होंने सत्यभामा से कहा कि द्रौपदी संकट में है और उनसे मदद माँग रही है, उन्हें उसे बचाने जाना होगा। सत्यभामा को विश्वास नहीं हुआ कि उनके पति को इतनी दूर से द्रौपदी के संकट के बारे में पता चल गया। कृष्ण सत्यभामा के साथ अपने वाहन गरुड़ पर बैठ कर तुरन्त ही हस्तिनापुर निकल पड़े।

आसमान से सत्यभामा ने देखा कि दुष्ट कौरव द्रौपदी को परेशान कर रहे हैं। जब द्रौपदी ने कृष्ण को देखा तो सर्वप्रथम उसने उन्हें प्रणाम किया। उस एक क्षण के लिए द्रौपदी कौरव सभा में मिल रहे अपमान को मानो भूल गयी। जब उसे सभा में होने का अहसास हुआ, उसने कृष्ण से दुःशासन के चंगुल से छुड़ाने की प्रार्थना की। कृष्ण ने उसे चिन्तित न होने के लिए कहा। उन्होंने कहा कि उसे सूर्यदेव का आह्वान करना चाहिए। द्रौपदी को कृष्ण की बात का आशय समझ नहीं आया लेकिन उसने कुछ नहीं पूछा। उसे अपने भगवान पर अगाध विश्वास था।

कृष्ण चले गये। लेकिन बिना किसी की जानकारी के लौटते समय वे सूर्यदेव से मिले। उन्होंने सूर्यदेव को द्रौपदी का उपकार याद दिलाया और उनको अपना दायित्व भूल जाने पर फटकारा।

---

1. व्यास महाभारत में यह चुनौती दुःशासन ने दी थी।

त्रेता युग में मीन मास के शुक्ल पक्ष के एकादशी के दिन गायत्री देवी गाय के रूप में गंगा में पानी पीने गयीं। वहाँ निरंजन की पंचात्मा पाँच साँड़ों के रूप में उनके पीछे दौड़ने लगी। यह देख एकबला पार्वती और उनके पति ईश्वर ने माता गायत्री के चरित्र पर उँगली उठायी जिसे देवी कपिला ने जान लिया। उन्होंने एकबला को द्रौपदी के रूप में मनुष्य लोक में जन्म और पाँच पति मिलने का श्राप दिया। श्राप मिलने के बाद देवी एकबला पार्वती पचपन कोटि लाल वस्त्र बिछाकर महायोग में बैठ गयीं। उसी समय सूर्यदेव के पुत्र शनिदेव का विवाह दक्ष वंश के राजा अनलसेन की पुत्री कृतिकावती से तय हुआ। शनि की दग्ध कर देने वाली दृष्टि से अपनी पुत्री को दूर रखने के लिए अनलसेन ने पचपन कोटि लाल रंग का वस्त्र माँगा। सूर्यदेव ने हर जगह ढूँढा लेकिन इतना वस्त्र कहीं नहीं मिला। तब देवी एकबला के पास जाकर सूर्यदेव ने उनसे विनती की। देवी ने उनकी प्रार्थना स्वीकार कर ली लेकिन साथ में यह भी कहा कि द्वापर युग में उन्हें इस वस्त्र की आवश्यकता पड़ेगी, तब उन्हें पचपन कोटि में एक कोटि जोड़ कर छप्पन कोटि वस्त्र वापस करना पड़ेगा। सूर्यदेव ने देवी को वचन दिया और विवाह के बाद वह वस्त्र सँभाल कर अपने रथ में रख लिया।

सभा में दुःशासन द्रौपदी को विवस्त्र करने का प्रयास कर रहा था। सूर्यदेव के लिए ऋण चुकाने का समय आ गया था। उन्होंने अपनी दोनों पत्नियों छाया और माया से द्रौपदी की रक्षा करने के लिए कहा। जब तक दुःशासन द्रौपदी के वस्त्र खींचता रहा, दोनों देवियाँ बिना किसी को दिखाई दिये द्रौपदी को वस्त्र पहनाती रहीं।

दुःशासन थक कर बैठ गया, तब पितामह भीष्म खड़े हुए। उन्होंने जो कुछ भी घटित हुआ था उसका माहात्म्य कौरवों को समझाने का प्रयास किया। उन्होंने कौरवों से पूछा, "तुम्हारी स्त्रियों के पास कितने वस्त्र हैं? अगर तुम्हें द्रौपदी के खींचे गये वस्त्रों को देख कर अभी भी समझ नहीं आया है तो तुम्हारी स्थिति मूर्खों से भी बदतर है।" उन्होंने कौरवों को द्रौपदी को और अधिक अपमानित करने से बचने के लिए

कहा और चेताया कि द्रौपदी का क्रोध उन्हें भस्म कर देगा। लेकिन कौरवों ने ध्यान नहीं दिया। और तभी द्रौपदी की एक नज़र पड़ते ही हस्तिनापुर का अन्तःपुर धधक उठा, दुःशासन गिर पड़ा, कर्ण बेहोश हो गया और दुर्योधन बेसुध हो सिहांसन से गिरने वाला ही था कि भीष्म, द्रोण और कृपाचार्य ने उसे संभाल लिया।

अन्तःपुर में आग लगते ही दुर्योधन और उसके सभी भाइयों की पत्नियाँ और अन्य कौरव स्त्रियाँ भागते हुए बाहर आयीं। उन सभी के वस्त्र अस्त–व्यस्त थे। बुरी तरह से डरी हुई और लगभग नग्न दुर्योधन की पत्नी भानुमती भागते हुए सभा में आयी और कौरवों की भर्त्सना करते हुए उसने द्रौपदी से क्षमा–याचना की। मन्त्री संजय ने धृतराष्ट्र को जाकर सूचित किया।[1]

सभा में आकर धृतराष्ट्र और गान्धारी ने कौरवों के कृत्य के लिए द्रौपदी से क्षमा माँगी। द्रौपदी का क्रोध शान्त हो गया और अन्तःपूर में लगी आग बुझ गयी। भयभीत धृतराष्ट्र ने पाण्डवों को वह सब लौटा दिया जो वे पासे के खेल में हार चुके थे।[2]

द्रौपदी और दुःशासन का बैर अनादि देवी के प्रथम अवतार के समय ही तय हो गया था। प्रथम अवतार में वे केतुका थीं। द्वितीय अवतार में एकबला पार्वती के रूप में वे अवतरित हुईं और उन्हें पाँच पति मिलने का श्राप मिला। तृतीय अवतार में उनका जन्म क्षत्राधिपति पुष्कर के घर में हुआ। अपने चौथे अवतार द्रौपदी के रूप में देवी अपने पिछले कर्मों के बन्धन से मुक्त हुईं। पाण्डव इन्द्रदेव के पंचात्मा स्वरूप थे। सूर्यदेव को भी ऋण मुक्त होने का अवसर इसी युग में मिला।

---

1. व्यास महाभारत में द्रौपदी के चीरहरण के समय राजा धृतराष्ट्र सभा में उपस्थित थे, जबकि सारला महाभारत में ऐसा नहीं था।

2. व्यास की कथा में द्रौपदी चीरहरण के असफल प्रयास के बाद राजा धृतराष्ट्र और रानी गान्धारी को पशु–पक्षियों का रुदन सुनायी देने लगा। अमंगल की आशंका से भयभीत होकर धृतराष्ट्र ने द्रौपदी को शान्त करने के उद्देश्य से उससे वरदान माँगने को कहा जिस पर द्रौपदी ने पाण्डवों की शस्त्र समेत मुक्ति माँगी।

पासे का दूसरा खेल

पासे का खेल हारने के बाद युधिष्ठिर वापस वारुणावन्त आ गये। लेकिन द्रौपदी के अपमान से ज़्यादा वे खेल में मिली हार से व्यथित थे। उन्होंने कृष्ण से कहा कि वे दुर्योधन के साथ एक बार फिर से पासे का खेल खेलेंगे और अगर वे ये हार गये तो वनवास ले लेंगे। कृष्ण ने कुछ भी नहीं कहा। आख़िर युधिष्ठिर ने उन्हें सिर्फ़ सूचित किया था न कि कोई सलाह माँगी थी। युधिष्ठिर जो पासे के खेल में जीत के आदी थे उनके लिए हार स्वीकार करना मुश्किल था। और यहाँ से उनके वनवास का मार्ग प्रशस्त हुआ।

कुछ दिनों के बाद एक बार फिर युधिष्ठिर अपने ताऊ धृतराष्ट्र को प्रणाम करने हस्तिनापुर गये। हालाँकि उस दिन उनकी इच्छा पासे खेलने की नहीं थी। यह एक सामान्य औपचारिक भेंट थी। इस बार अन्य पाण्डव भी साथ में थे। सभी का कौरव सभा में गर्मजोशी के साथ स्वागत हुआ। दुर्योधन और युधिष्ठिर साथ–साथ बैठे। माहौल शान्त था। तभी शकुनि अपने पासे ले आया। जैसे ही युधिष्ठिर ने पासे देखे उनकी इच्छा खेलने की हुई।[1] उन्होंने अपने

1. व्यास महाभारत में राजा धृतराष्ट्र द्वारा पाण्डवों को उनका राज्य और उनकी स्वतन्त्रता वापस लौटा दिये जाने के बाद दुर्योधन और शकुनि ने पुनः हस्तक्षेप किया। उन्हें डर था कि पाण्डव द्रौपदी के अपमान का बदला अवश्य लेंगे। जिस पर धृतराष्ट्र ने अपने सेवकों के ज़रिये युधिष्ठिर को पुनः पासे खेलने के लिए आमन्त्रित किया। उनका इरादा पाण्डवों को बारह वर्ष के वनवास और तेरहवें वर्ष अज्ञातवास पर भेजना था। निमन्त्रण मिलने पर युधिष्ठिर बीच रास्ते से हस्तिनापुर वापस लौट आये और उन्होंने फिर से पासे खेले।

भाई सहदेव जो पासे का एक बढ़िया खिलाड़ी था उससे ज़मीन पर खेल का खाका बनाने के लिए कहा। लेकिन इस बार पिछली हार से सबक ले चुके युधिष्ठिर ने शकुनि से नये पासे लाने के लिए कहा। दुर्योधन ने कोई एतराज़ नहीं किया। शीघ्र ही सभा में नये पासे आ गये। दुर्योधन और युधिष्ठिर दोनों ही नये पासे देखकर प्रसन्न थे।

दुर्योधन ने सहदेव से युधिष्ठिर की तरफ़ से खेलने के लिए कहा। भूत भविष्य का ज्ञानी सहदेव जानता था कि आगे क्या होने वाला है और केवल उसे ही नये पासों का रहस्य पता था। वह जानता था कि देवता धरती से कीचक और उसके भाइयों का बोझ हटाने के लिए पाण्डवों को वनवास भेजना चाहते हैं और इसके लिए युधिष्ठिर को खेल हारना होगा। देवताओं ने पासों में प्रवेश किया और खल से दुर्योधन के और दुर्बल से युधिष्ठिर के दिमाग़ को वश में करने के लिए कहा।

दुर्योधन ने प्रस्ताव दिया कि हारने वाले का राज्य में कोई भी हिस्सा नहीं होगा। युधिष्ठिर ने कहा कि हारने वाला बारह वर्ष के वनवास पर जायेगा। शकुनि ने उसमें एक वर्ष का अज्ञातवास भी जोड़ दिया और कहा कि अगर इस दौरान उनकी पहचान खुल गयी तो उन्हें फिर से बारह वर्ष के वनवास और एक वर्ष के अज्ञातवास पर जाना होगा। युधिष्ठिर और दुर्योधन दोनों ही इतनी कठिन शर्त सुनकर अचम्भित हो गये लेकिन उन्होंने कुछ नहीं कहा।

सहदेव ने भी शकुनि के प्रस्ताव का समर्थन किया, कहने की ज़रूरत नहीं कि किस वजह से। उसका इरादा देवताओं के उद्देश्य को सफल करना था। वह जानता था कि तेरहवें वर्ष के अज्ञातवास के दौरान भीम के हाथों कीचक का वध होगा। सहदेव ने पासे फेंके। युधिष्ठिर हार गये। यही देवताओं की इच्छा थी। कौरव मर्यादा की सीमा लाँघ कर जश्न मनाने लगे। उनके अशिष्ट और अपमानजनक व्यवहार को देख भीम उत्तेजित हो गया। उसने हुंकार भरते हुए कौरवों के वध, दुर्योधन की जंघा तोड़ने और दुःशासन की छाती

चीरने की अपनी शपथ दोहरायी। लेकिन युधिष्ठिर ने उसे डाँट दिया। उनका मानना था कि भले ही वे हार गये हों लेकिन खेल में कुछ भी अनैतिक नहीं हुआ था।

दूसरी तरफ़ ख़ुशी मना रहे कौरवों ने भीम के शब्दों को गम्भीरता से नहीं लिया। उन्हें विश्वास था कि पाण्डवों का वनवास कभी ख़त्म नहीं होगा। लेकिन सभा में बैठे भीष्म, द्रोण और कृपाचार्य सहित सभी अग्रजन कौरवों को लेकर भयभीत हो गये।

पतझड़ का आम

पाण्डवों के वनवास के नौ वर्ष बीत चुके थे। दुर्योधन को सात वर्षों से पाण्डवों के बारे में कोई भी सूचना नहीं मिली थी। एक दिन उसने शकुनि, कर्ण और दुःशासन से उनके बारे में पूछा। वह जानना चाह रहा था कि उन्हें क्या हुआ होगा, क्या कोई राक्षस उन्हें खा गया या फिर भूख–प्यास से उनकी मृत्यु हो गयी।

कर्ण का विश्वास था कि कृष्ण की कृपा होने के कारण पाण्डवों को कोई भी हानि नहीं पहुँचा सकता है। शकुनि का विचार था कि दुर्योधन व्यर्थ ही चिन्तित हो रहा है जबकि उसके शत्रु का नामोनिशान भी नहीं है, उसे अपना जीवन आनन्द के साथ बिताना चाहिए। लेकिन दुर्योधन शकुनि से सहमत नहीं था। वह पाण्डवों के बारे में जानने के लिए उत्सुक था। तब शकुनि की सलाह पर दुर्योधन ने ब्राह्मण पुरंजन जो लाख के महल की आग में जलकर मर गया था के पुत्र गौरमुख को वन में भेजने का निश्चय किया।

गौरमुख ने दुर्योधन से कहा कि वह पाण्डवों को नहीं पहचानता है क्योंकि उसने कभी उन्हें देखा नहीं है। दुर्योधन ने समझाया कि इस वजह से पाण्डव भी उसे पहचान नहीं पायेंगे। उसने गौरमुख से कहा कि पाण्डव उसे साधु वेश में मिलेंगे इसलिए उसे भी साधु वेश में जाना होगा और उनसे एक पका हुआ आम दान में माँगना होगा, जो उन्हें निश्चित रूप से इस पतझड़ के मौसम में कहीं नहीं मिलेगा। लेकिन, केवल पाण्डव ही अपने सत्य के प्रभाव से पके हुए आम का प्रबन्ध कर सकते हैं और इसी से उनकी पहचान होगी।

ढूँढ़ते–ढूँढ़ते गौरमुख साधु के वेश में युधिष्ठिर के पास पहुँचा। युधिष्ठिर ने उसे आदर के साथ बैठाया और पूछा कि वह कहाँ से आया है और भोजन में क्या लेगा। गौरमुख ने कुछ भी लेने से इनकार कर दिया और युधिष्ठिर से अपना भोजन शुरू करने के लिए कहा। युधिष्ठिर के लिए तो यह कल्पना करना भी असम्भव था कि वे भोजन करें और उनका अतिथि प्रतीक्षा करे। उन्होंने गौरमुख से पुनः आग्रह किया। तब गौरमुख ने कहा कि वह सिर्फ़ पका आम ही खायेगा।

युधिष्ठिर असमंजस में पड़ गये कि पतझड़ के मौसम में वे आम का प्रबन्ध कैसे करें। पाण्डव वन में बहुत दूर तक गये लेकिन उनके हाथ कुछ नहीं लगा। युधिष्ठिर ने कृष्ण को सहायता के लिए पुकारा। कृष्ण आये और उन्होंने युधिष्ठिर से चिन्तित न होने के लिए कहा। उन्होंने बताया कि सत्य के प्रभाव से आम का प्रबन्ध किया जा सकता है। लेकिन उसके लिए द्रौपदी और पाण्डवों को सत्य बोलना होगा, ऐसा सत्य जो किसी को पता नहीं हो। सभी तैयार हो गये।

ऋषि व्यास ने कृष्ण को आम की गुठली दी। कृष्ण ने उस गुठली में प्राण फूँके और पाण्डवों को एक–एक करके अपना छुपा सत्य बताने को कहा। सर्वप्रथम युधिष्ठिर बोले। उन्होंने आम की गुठली की तरफ़ देखते हुए कहा कि उन्होंने कभी झूठ नहीं बोला, हमेशा धर्म के मार्ग का पालन किया, दूसरों के दुख को अपना दुख माना और क्रोध, लोभ, मोह और द्वेष से दूर रहे। लेकिन अपना राज्य वाप़स पाने के लिए अगर उन्हें युद्ध भी करना पड़ेगा तो वे उससे पीछे नहीं हटेंगे। जैसे ही युधिष्ठिर ने अपनी बात समाप्त की, उस गुठली से आम का पौधा निकल आया।

अब बारी भीम की थी। कृष्ण ने उसे सख़्त हिदायत दी कि अगर उसने छोटा–सा भी झूठ बोला तो पौधा जलकर राख हो जायेगा। भीम ने अपनी बात शुरू की। उसने कहा कि भोजन, निद्रा, युद्ध और स्त्री से उसका मन कभी नहीं भरता है और उसे हमेशा अधिक पाने की कामना रहती है। उसे जब भी अवसर मिलेगा वह धृतराष्ट्र के सभी पुत्रों का वध कर देगा। उसने स्वीकारा कि उसके मन में

युधिष्ठिर के प्रति अगाध श्रद्धा और निष्ठा है लेकिन उसकी गदा का अपमान करने वाले को वह ज़िन्दा नहीं छोड़ेगा। भीम की बात पूरी होते ही वह पौधा चार शाखाओं के एक बड़े से पेड़ में बदल गया।

फिर अर्जुन की बारी आयी। उसने कहा कि उसे युद्ध में किसी से भी डर नहीं लगता है और जब तक उसके पास गाण्डीव है मनुष्य, राक्षस, देवता यहाँ तक कि ग्यारह रुद्र भी उसको पराजित नहीं कर सकते हैं। उसे कभी दूसरे की स्त्री, धन और राज्य की लालसा नहीं रही और वह कभी युद्ध से बच कर भाग रहे व्यक्ति पर प्रहार नहीं करता है। वह पूर्ण रूप से कृष्ण को समर्पित है और अगर कोई भी कृष्ण, गाण्डीव या फिर उसके पाशुपत तीर का अपमान करेगा तो वह उसका वध कर देगा। अर्जुन की बात ख़त्म होते ही पेड़ शानदार रूप से बढ़ कर खिल गया।

इसके बाद नकुल पेड़ के सामने आया। उसने कहा कि भाला चलाने में उसकी बराबरी का कोई नहीं है। वह अपनी अन्तरात्मा के आधार पर निर्णय लेता है। अगर कोई उससे शरण माँगेगा तो वह उसकी हर क़ीमत पर रक्षा करेगा भले ही इसके लिए उसे अपने भाइयों से ही क्यों न युद्ध करना पड़े। उसे भोजन, निद्रा और स्त्री की कोई लालसा नहीं है। और अपनी बात समाप्त करते हुए उसने कहा कि उसके मन में युधिष्ठिर के प्रति अगाध श्रद्धा है और उनके प्रति वह पूर्णरूप से निष्ठावान है। तुरन्त ही पेड़ में छोटे–छोटे फल आ गये।

फिर सहदेव ने पेड़ के पास आकर कहा कि उसे भूत और भविष्य का ज्ञान है इसलिए उसकी सलाह पर अमल करने वाले को कभी दुख नहीं होगा, लेकिन बिना माँगे वह किसी को भी सलाह नहीं देता है। और सभी फल बड़े हो गये।

अब यज्ञ की पवित्र अग्नि से जन्मी द्रौपदी जो देवी स्वरूप थी उसकी बारी थी। कृष्ण ने उससे सत्य बोलने की प्रार्थना की। द्रौपदी ने कहा कि अन्य स्त्रियों की भाँति ही उसे भी किसी अन्य सुन्दर पुरुष के प्रति आकर्षण महसूस होता है। उसने कहा कि भले ही उसके पाँच पति हैं लेकिन उसे अर्जुन से ज़्यादा लगाव है। और फिर उसने

कुरु सभा में हुए अपमान और अपनी प्रतिज्ञा को याद करते हुए कहा कि वह कौरवों के विनाश का कारण होगी। सभी आम पक गये।

कृष्ण ने फल तोड़ लिए। एक स्वयं के पास रख लिया, एक इन्द्रदेव, एक गौरमुख और एक पाण्डवों को दे दिया। युधिष्ठिर ने विनम्रतापूर्वक गौरमुख से आम खाने की प्रार्थना की। लेकिन उसने आम नहीं खाया और युधिष्ठिर की प्रशंसा करते हुए उन्हें आशीर्वाद दिया। उसने कहा कि नदी किनारे जाकर अपने दैनिक अनुष्ठान पूरे करने के बाद ही वह फल खायेगा। वास्तव में उसका इरादा ऐसा नहीं था। वह तो उस फल को दुर्योधन को देकर पुरस्कार लेना चाहता था।

गौरमुख के जाने के बाद कृष्ण ने सहदेव से उसके बारे में पूछा। सहदेव ने उन्हें गौरमुख और उसके उद्देश्य के बारे में बताया। कृष्ण ने युधिष्ठिर को सच्चाई बताते हुए गौरमुख से आम वापस माँगने के लिए कहा। युधिष्ठिर ने साफ़ मना कर दिया। कृष्ण ने कुछ नहीं कहा और युधिष्ठिर के सामने शान्त बने रहे। लेकिन बाद में ब्राह्मण के वेश में वे गौरमुख के पास पहुँचे और स्वयं को यजुर्वेदी ब्राह्मण बताया। गौरमुख स्नान करने के बाद कपड़े बदल रहा था। उसकी पोटली से आम गिर पड़ा। "पका हुआ आम, पतझड़ के मौसम में!" कृष्ण ने आश्चर्यचकित होने का बहाना किया। उन्होंने गौरमुख से पूछा कि उसने अब तक इस फल को क्यों नहीं खाया।

गौरमुख ने बताया कि इसके बदले उसे दुर्योधन से ख़ूब सारा धन मिलेगा। यह सुनकर कृष्ण ने गौरमुख के मन में सन्देह पैदा करने का प्रयास किया। उन्होंने शंका जताते हुए कहा कि यह आम वास्तविक नहीं हो सकता है, आख़िर कैसे सिर्फ़ सत्य बोलकर आम का फल पाया जा सकता है। गौरमुख ने प्रतिकार किया कि उसने स्वयं अपनी आँखों से आम का फल उगते और पकते हुए देखा था।

कृष्ण ने आम परखने की इच्छा जतायी। उन्होंने झूठ बोलना शुरू किया। उन्होंने कहा कि उन्होंने देखा था कि पानी में एक पत्थर तैर रहा था और पर्वत की चोटी पर एक कमल खिल रहा था। चन्द्रमा दिन में उगा था और सूरज रात में पश्चिम दिशा में उगा था।

एक पुरुष ने बच्चे को जन्म दिया। इस तरह वे कहते चले गये और वह आम जलकर राख हो गया। सच झूठ की तुलना में बहुत नाज़ुक होता है, शायद इसीलिए उसे संरक्षण की ज़रूरत पड़ती है।

गौरमुख परेशान हो गया लेकिन कृष्ण ने उसे समझाया कि उन्होंने उसे कौरव सभा में उपहास का पात्र बनने से बचा लिया। बेचारा गौरमुख जिसने आम देखा भी था और छुआ भी था, कृष्ण की बातों में आ गया और मान बैठा कि आम एक भ्रम था। बाक़ी आमों का क्या हुआ? अन्य लोगों ने भी आम देखा और छुआ था लेकिन सारला की कहानी में किसी ने भी आम नहीं खाया। क्या सम्पूर्ण सत्य मनुष्य की पहुँच से परे है?

कृष्ण के झूठ ने गौरमुख के आम को नष्ट कर दिया और इसी के साथ बाक़ी आम भी नष्ट हो गये। इस तरह उनके झूठ ने एक अप्राकृतिक चीज़ को नष्ट करके प्रकृति का सन्तुलन फिर से स्थापित कर दिया।

कर्ण की हरिश्चन्द्र परीक्षा

कर्ण के कवच और कुण्डल अभेद्य थे। दैवी शस्त्र भी उनका कुछ नहीं बिगाड़ सकते थे। कर्ण के शत्रु अच्छी तरह से जानते थे कि अगर कर्ण को पराजित करना है तो पहले उससे उसके कवच और कुण्डल लेने पड़ेंगे। उन्हें यह भी पता था कि कर्ण से ये बलपूर्वक छीने नहीं जा सकते हैं। इन्हें केवल उसकी सहमति से ही प्राप्त किया जा सकता है। लेकिन कर्ण इन्हें देने के लिए क्यों सहमत होगा? यही सोचकर अर्जुन ने अपने पिता इन्द्रदेव से सहायता माँगी।

इन्द्रलोक से लौटते समय इन्द्रदेव ने अर्जुन से वरदान माँगने के लिए कहा। अर्जुन ने कर्ण के कवच और कुण्डल माँगे। वह जानता था कि कर्ण को पराजित करने के लिए यह आवश्यक है। वह यह भी जानता था कि कर्ण उसका बड़ा भाई है। लेकिन जब बात युद्ध में विजय की हो तो शायद सम्बन्धों का कोई अर्थ नहीं रह जाता है।

अर्जुन के वापस आने के बाद कृष्ण पाण्डवों से मिलने आये। अर्जुन ने उन्हें इन्द्रलोक में बिताये समय के बारे में बताया। उसने उर्वशी के श्राप और इन्द्रदेव द्वारा कर्ण के कवच और कुण्डल को लेकर दिये गये आश्वासन के बारे में भी बताया। "उस समय वहाँ कौन–कौन उपस्थित था," कृष्ण ने पूछा। "सभी देवतागण वहाँ थे,'' अर्जुन ने उत्तर दिया। यह सुन कृष्ण ने कहा, "तुमने एक बड़ी भूल कर दी। सूर्यदेव कर्ण के पिता हैं, वे निश्चित ही कर्ण को सचेत कर देंगे।" लेकिन युधिष्ठिर सहमत नहीं थे। उनका मानना था कि धार्मिक

और महादानी कर्ण किसी को भी निराश नहीं करता है चाहे कोई दान में कुछ भी क्यों न माँग ले। यह सुनकर कृष्ण ने कर्ण की परीक्षा लेने की सोची। उन्होंने कहा कि वे कर्ण से उसका पुत्र माँगेंगे। अगर वह तैयार हो जाता है तो यह सुनिश्चित हो जाएगा कि कर्ण इन्द्रदेव को अपने कवच और कुण्डल देने से इनकार नहीं करेगा।

ब्राह्मण के वेश में कृष्ण कर्ण के पास गये। उन्होंने उसे अपना नाम कन्हैया पण्डा बताया। दान का समय समाप्त हो चुका था और कर्ण के पास देने के लिए कुछ भी नहीं बचा था। उसने कन्हैया पण्डा से अपने साथ एक रात रुकने का आग्रह किया ताकि अगली सुबह वह उसे दान में स्वर्ण दे सके। ब्राह्मण पण्डा तैयार हो गया। कर्ण ने भोजन की व्यवस्था की। उसे लगा कि उसका अतिथि ग़ैर–ब्राह्मण के हाथों बनाया गया भोजन ग्रहण नहीं करेगा इसलिए उसने उसे कच्चा भोजन जैसे चावल, फल और सब्ज़ी दिये। लेकिन वह यह नहीं जानता था कि उसके अतिथि की मंशा कुछ और ही थी। अतिथि ने कर्ण से मांसाहारी भोजन माँगा। चौंकते हुए कर्ण ने ब्राह्मण अतिथि से पूछा कि वह कहाँ से आया है और किस वंश से सम्बन्ध रखता है। उसने मांस खाने वाले ब्राह्मण के बारे में कभी नहीं सुना था।

अतिथि ने अपने पिता का नाम वसुकल्प पण्डा और माँ का नाम देवकी बताते हुए कहा कि वह ब्राह्मणों के जिस समुदाय से सम्बन्ध रखता है, उन्हें मांस खाने में परहेज़ नहीं है। उसने अपना निवास स्थान मथुरा और गोत्र मत्स्य बताया। यह सुनकर कर्ण ने अपने पुत्र विशिकेशन से जंगल से हिरन मार कर लाने के लिए कहा। लेकिन अतिथि ने मना कर दिया। उसने आदमी का मांस खाने की इच्छा ज़ाहिर की। कर्ण हैरान था। "मैं कैसे एक मनुष्य को भोजन के लिए मार सकता हूँ! यह तो घोर पाप है।" कर्ण ने अतिथि से कहा। अतिथि यह बात जानता था। उसने कहा कि किसी अन्य को मारने की ज़रूरत नहीं है, वह उसके पुत्र का मांस खाना चाहता है।

कर्ण हक्का–बक्का रह गया। उसने तय कर लिया कि वह इस अतिथि को सन्तुष्ट नहीं करेगा चाहे इसके लिए उसे कोई भी श्राप

क्यों न मिल जाये। अतिथि ने कुछ नहीं कहा और बाहर निकल कर जाने लगा। विशिकेशन अतिथि के पैरों पर गिर पड़ा और उससे न जाने का आग्रह किया। अतिथि रूक गया। विशिकेशन अपने पिता के पास गया और उनसे अपना वचन न तोड़ने का आग्रह किया। उसने कहा कि वे धर्म के कार्य में मोह को आगे न लायें।

कर्ण ने पुत्र को मार कर अतिथि के सामने प्रस्तुत कर दिया। लेकिन परीक्षा अभी पूरी नहीं हुई थी। अतिथि ने कर्ण की पत्नी से मांस पकाने के लिए कहा। कर्तव्य से बँधे कर्ण को अतिथि की निर्दयता पर क्रोध आ रहा था लेकिन फिर भी उसने एक शब्द नहीं कहा। विवश हो माँ को अपने पुत्र के मांस को पकाना पड़ा।

भोजन थाली में परोसा गया और कर्ण ने अतिथि को भोजन खाने के लिए निमन्त्रित किया। अतिथि ने कहा कि वह अकेले खाना नहीं खायेगा, कर्ण और उसकी पत्नी को भी साथ बैठ कर भोजन करना पड़ेगा जिससे वह निश्चिन्त हो सके कि भोजन में विष तो नहीं मिला है। अश्रुपूरित नेत्रों के साथ कर्ण की पत्नी साथ में बैठी। लेकिन भोजन देख कर अतिथि बिफर गया। उसने कर्ण से कहा कि उसकी पत्नी ने धोखा दिया है क्योंकि उसने शरीर का सबसे अच्छा हिस्सा सिर तो पकाया ही नहीं है। उसने माँग की कि उसके सामने सिर को तोड़ा जाये और पकाया जाये। असहाय माता–पिता ने ऐसा ही किया।

अतिथि भोजन करने के लिए अब तैयार था। कर्ण की पत्नी सोचने लगी कि क्या कोई राक्षस अतिथि बन कर उनके यहाँ आया है या फिर ये कोई देवता है जो भेष बदल कर उनकी परीक्षा लेने आया है। उसने नारायण के वामन अवतार की कहानी सुन रखी थी इसलिए उसने अपने पति से शान्त रहने के लिए कहा।

अतिथि ने ज़मीन पर चार पत्तलें रखीं। "यह चौथी पत्तल किसके लिए है," कर्ण ने पूछा। "यह विशिकेशन के लिए है," ब्राह्मण अतिथि ने उत्तर दिया। "मैं उसके बिना भोजन कैसे कर सकता हूँ," अतिथि ने आगे कहा। कर्ण भौचक्का रह गया। उसने पूछा कि कैसे उसका

पुत्र उनके साथ बैठेगा जबकि वे उसी का मांस खाने जा रहे हैं। "तुम अनजान बनने का नाटक क्यों कर रहे हो?" क्रोधित कर्ण ने अतिथि से पूछा। लेकिन ब्राह्मण ने भोजन खाना शुरू नहीं किया। उसने कर्ण की पत्नी से बाहर जाकर अपने पुत्र को बुलाने के लिए कहा। माँ ने ऐसा ही किया और उसका पुत्र दौड़ते हुए वहाँ आ गया। उसने अपनी माँ से कहा कि वह अपने दोस्तों के साथ खेल रहा था जब उसने उसकी आवाज़ सुनी तो वह खेल छोड़ कर तुरन्त उसके पास आ गया।

माँ और पुत्र कक्ष के अन्दर प्रवेश करते हैं। कर्ण असमंजस में पड़ जाता है। उसे अपनी आँखों पर विश्वास नहीं होता है। क्या भ्रम था और क्या सच? कर्ण अतिथि के पैरों पर गिर पड़ा। "तुम कौन हो?" उसने पूछा। भ्रम और माया का पर्दा उठ गया। ब्राह्मण अतिथि की जगह श्री नारायण खड़े थे। कर्ण अभिभूत था। उसने कहा, "मैं नहीं जानता कि किस जन्म में मैंने तुम्हारी सेवा की है लेकिन इस जन्म में तो मैंने तुम्हारा कुछ भी नहीं बिगाड़ा था, फिर तुमने मुझे इतना कष्ट क्यों दिया।"

"कर्ण! तुम महादानी हो। तुम्हारा पुत्र आज से मेरा है," यह कहते हुए नारायण अन्तर्धान हो गये।

जगत् के पालनहार प्रभु श्री नारायण ने कर्ण का दान स्वीकार कर लिया था।

बाबरपुरी

युधिष्ठिर दो परिवारों के बीच युद्ध नहीं चाहते थे और न ही कोई अन्य पाण्डव। यहाँ तक कि भीम जो दुर्योधन की जाँघ तोड़ने और दुःशासन का रक्त पीने की प्रतिज्ञा कर चुका था, वह भी युद्ध के लिए उत्सुक नहीं था।

युधिष्ठिर ने कृष्ण से उनके शान्तिदूत के रूप में दुर्योधन के पास जाने का आग्रह किया। कृष्ण सहमत हो गये लेकिन जाने से पहले उन्होंने पाण्डवों से उनकी माँग पूछी। युधिष्ठिर और अर्जुन दोनों अपने लिए एक–एक गाँव से सन्तुष्ट थे। लेकिन भीम को दो गाँव चाहिए थे। नकुल ने भी दो गाँव माँगे–एक अपने लिए और एक सहदेव के लिए। किन्तु भूत भविष्य का ज्ञानी सहदेव जो भगवान कृष्ण की इच्छा से भली भाँति अवगत था उसने अपनी कोई भी माँग नहीं बतायी। हालाँकि उसने युद्ध की सम्भावना प्रबल करने को लेकर कृष्ण को अपनी राय अवश्य दी। लेकिन न ही युधिष्ठिर और न ही किसी और को कृष्ण और सहदेव के इस वार्तालाप के बारे में कुछ पता था।

कौरवों की सभा में पहुँच कर कृष्ण ने दुर्योधन से पाण्डवों के लिए पाँच गाँव माँगे। लेकिन दुर्योधन पाण्डवों को कुछ भी नहीं देना चाहता था। वाद–विवाद के दौरान कृष्ण ने दुर्योधन को चेतावनी दी कि उसके राज्य का अन्त बाबरपुरी नगर की तरह हो जायेगा। किसी ने भी इस नगरी को न ही देखा था और न ही इसके बारे में सुना था। भीष्म ने उत्सुकतावश कृष्ण से इस जगह के बारे में बताने का आग्रह किया। तब कृष्ण ने बाबरपुरी नगर की कहानी सुनायी।

पश्चिमी सौराष्ट्र में कुरला नाम का एक देश था जिसकी राजधानी का नाम बाबरपुरी था। वहाँ के राजा का नाम भण्डेश्वर (यानी धोखेबाज़ों का स्वामी) और मन्त्री का नाम बड़भण्ड (अर्थात् महामूर्ख) था। सब तरफ़ अनैतिकता का बोलबाला था। महिला और पुरुष बिना वस्त्रों के जंगलियों की तरह रहते थे। झूठ को पुरस्कृत किया जाता था। सच बोलने वाले को मृत्युदण्ड दिया जाता था। और अशिष्ट तथा गन्दी भाषा का प्रयोग करने वालों को सम्मानित किया जाता था। राजा साधारण बुद्धि का था और प्रजा के मन में उसके लिए कोई सम्मान का भाव नहीं था। लोग धनी थे लेकिन कोई भी राजा को कर नहीं देता था। वे अपनी पूरी कमाई ख़र्च कर देते थे। उनके परस्पर सम्बन्धों में किसी भी तरह का अनुशासन नहीं था और न ही उनके बीच कोई स्थायी सम्बन्ध थे। पुरुष और स्त्री किसी के भी साथ सम्बन्ध बनाकर उसे छोड़ देते थे। निषिद्ध सम्बन्ध बनाने में भी किसी को कोई परहेज नहीं शा।

उस राज्य का कोई शत्रु नहीं था। लेकिन एक दिन एक अजीब भय ने बाबरपुरी नगर को घेर लिया। यह भय कोकुआ का था। कोकुआ क्या था? यह कोई नहीं जानता था। पर लोगों के बीच में उसे लेकर तरह–तरह की अफ़वाहें सुनने को मिल रहीं थीं। कोई कहता था कि उसकी बहुत सारी आँखें हैं, कोई कहता था कि वह जिसे भी देखता है उसे निगल जाता है, और कोई कहता था कि वह इतना अधिक बड़ा है कि पूरा आकाश ढँक ले। जल्द ही इन सब अफ़वाहों को लोग सच मानने लगे। डर के चलते लोग अँधेरा होने पर घर के बाहर निकलने से बचने लगे। माता–पिता बच्चों को कोकुआ के नाम से डराते थे। धीरे–धीरे शहर में तनाव का माहौल बनने लगा और एक दिन तनाव के इस माहौल में राज्य में रह रहे लोगों के बीच लड़ाई छिड़ गयी। बहुत से लोग मारे गये। इसके बाद वहाँ प्राकृतिक विपदा आन पड़ी। इस विपदा का सामना करने का कौशल न ही बुद्धिहीन राजा के पास था और न ही अनुशासनहीन, डरी हुई और बँटी हुई प्रजा के पास था।

बिना किसी बाहरी आक्रमण के नगर पूरी तरह से तबाह हो गया। "सुनो गंगा पुत्र! दुर्योधन का राज्य भी इसी तरह से समाप्त हो जायेगा," कृष्ण ने भीष्म को चेताया।

उस समय कौरव सभा में उपस्थित लोगों में सम्भवतः कुछ जानते थे कि कृष्ण ने जो कुछ भी कहा है वह उनकी भविष्यवाणी है। वे शायद इस बात से भी भली भाँति अवगत थे कि यही कृष्ण की इच्छा भी है।

हस्तिनापुर राज्य की तुलना बाबरपुरी नगरी से कितनी उचित थी यह तो कहना मुश्किल है, लेकिन बाबरपुरी की तरह ही दुर्योधन के राज्य को कभी किसी बाहरी शत्रु का डर नहीं रहा और न ही उसके राज्य के अन्त में किसी भी बाहरी शत्रु की कोई भूमिका रही।

दुर्योधन वह भी दे न सका, आशीष हरि की ले न सका[1]

दुर्योधन ने कृष्ण के पाँच गाँव के प्रस्ताव को ठुकरा दिया। यह सुनकर भीष्म और द्रोण ने दुर्योधन को सभा के बाहर ले जाकर समझाते हुए कहा कि कृष्ण को ख़ाली हाथ भेजना सही नहीं होगा। इस पर दुर्योधन दो गाँव देने के लिए राज़ी हो गया। तब शकुनि ने अपनी चाल चली। कृष्ण के स्वभाव के बारे में सचेत करते हुए उसने दुर्योधन से कहा, "कोई भी प्राणी कृष्ण को दान, सम्मान, समर्पण या ज्ञान के ज़रिये सन्तुष्ट नहीं कर सकता। उन्हें चाहे जितना भी दे दो वह उनके लिए हमेशा अपर्याप्त ही रहेगा। इसलिए उसे उन्हें कुछ भी देना नहीं चाहिए क्योंकि इस सब के बाद भी वे ख़ुश नहीं होंगे।" और फिर अपनी बातों में दुर्योधन को फाँसने के लिए शकुनि ने उसे असुर राजा बलि की कहानी सुनायी।

राजा बलि यज्ञ कर रहा था। भयभीत देवराज इन्द्र ने नारायण के पास जाकर यज्ञ को रोकने की प्रार्थना की। नारायण वामन (बौना) ब्राह्मण के रूप में बलि से मिलने आये। उन्होंने बलि से दान माँगते हुए कहा कि वे बहुत ग़रीब परिवार से हैं इसलिए उन्हें अपने धार्मिक अनुष्ठान करने के लिए मात्र तीन पग भूमि चाहिए। बलि ने मन ही मन सोचा कि यह वामन कितना छोटा दान माँग रहा है और उसने ब्राह्मण से और अधिक माँगने के लिए कहा। लेकिन नारायण सिर्फ़ तीन पग भूमि के लिए अड़े रहे।

1. इस कहानी का शीर्षक रामधारी सिंह 'दिनकर' की रश्मिरथी (तृतीय सर्ग) से प्रेरित है।

बलि के गुरु शुक्राचार्य को ब्राह्मण के नारायण होने का आभास हो गया। उन्होंने बलि को चेतावनी दी कि नारायण वामन अवतार लेकर उससे उसका राज्य और शक्ति हड़पने आये हैं। लेकिन बलि ने उन्हें अनसुना कर दिया। उसने सोचा कि एक बौने के तीन पग होते ही कितने हैं इसलिए फ़र्क़ क्या पड़ता है अगर वामन के नारायण अवतार होने की बात सही भी हो। लेकिन जब तीन पग भूमि नापने का समय आया तो वामन के पग अत्यन्त विशाल हो गये। राजा बलि भूलोक और देवलोक का स्वामी था। वामन ब्राह्मण ने अपने दो पग में ही बलि के पास जितना कुछ था सब कुछ ले लिया। तीसरे पग के लिए उसके पास कुछ भी नहीं बचा। जब वामन ने अपने तीसरे पग के लिए भूमि माँगी तो राजा बलि ने अपना शीश आगे कर दिया। वामन ने अपना पैर बलि के सिर पर रखके उसे पाताल लोक भेज दिया।

"बलि का राज–पाट सब समाप्त हो गया क्योंकि उसने नारायण को सन्तुष्ट करने की कोशिश की थी," कहानी का अन्त सुनाते हुए शकुनि ने दुर्योधन से कहा। उसने दुर्योधन को चेताया, "कृष्ण कोई और नहीं बल्कि नारायण के अवतार वही वामन ब्राह्मण हैं जो अब उसके पास आये हैं ताकि उसके पास जो कुछ भी है वे उसे उससे वंचित कर सकें।" उसका तर्क था कि अगर वह उन्हें दो की जगह सिर्फ़ एक गाँव भी देगा तो वे वामन की तरह पूरे ब्रह्माण्ड को उस एक गाँव में समा लेंगे और उसके पास खड़े रहने की जगह भी नहीं छोड़ेंगे। इसलिए उसे कृष्ण को सन्तुष्ट करने का इरादा त्याग देना चाहिए।

बाद में शकुनि ने कौरव सभा में भी यही तर्क दुर्योधन के सामने दोहराया। पितामह भीष्म ने हस्तक्षेप करते हुए कहा कि उसकी कहानी अधूरी है, जिस वजह से उसका निष्कर्ष ग़लत है। उन्होंने दुर्योधन को समझाते हुए कहा, "राजा बलि की वचनबद्धता से प्रभावित होकर नारायण ने उसे पाताल लोक का इन्द्र बना दिया था और उसे भविष्य में स्वर्ग का इन्द्र बनने का आशीर्वाद भी दिया था। न केवल यही,

बल्कि राजा बलि की उनके प्रति प्रेम और भक्ति के चलते उन्होंने अपना निवास स्थान छोड़ उसके साथ रहना भी स्वीकार कर लिया था।" लेकिन दुर्योधन पर इसका कोई प्रभाव नहीं पड़ा। आख़िर कल जिसके बारे में कुछ भी पता नहीं है उसके लिए कोई अपना वर्तमान क्यों दाँव पर लगाये।

बाबना भूत

शकुनि की चाल सफल होती दिख रही थी। दुर्योधन पाण्डवों को कुछ भी न देने पर अड़ा हुआ था। जब उसकी पत्नी भानुमती को यह पता चला तो उसने उसे समझाने के लिए बाबना भूत की कहानी सुनायी।[1]

तुंगभद्रा नदी के किनारे ज्ञानपुर नाम का एक गाँव था। यहाँ के निवासी मरने के बाद प्रेत बन जाते थे। किसी को भी इसका कारण नहीं पता था। शूद्रक रौल नाम का तान्त्रिक अपने परिवार के साथ उस गाँव में रहने के लिए आया। शीघ्र ही अपने अच्छे स्वभाव के चलते वह उस गाँव में लोकप्रिय हो गया। एक दिन उसने पहाड़ी के पास ख़ाली पड़ी उपजाऊ ज़मीन को देखा। शूद्रक ने गाँव के लोगों से उस ज़मीन को जोतने की अनुमति माँगी। लोगों को कोई आपत्ति तो नहीं थी लेकिन फिर भी उन्होंने उसे ऐसा न करने की सलाह दी। क्योंकि कुछ बदमाश भूतों का उस ज़मीन पर क़ब्ज़ा था। शूद्रक ने कहा कि उसे भूतों से डर नहीं लगता है और अगर आवश्यकता पड़ी तो वह उन्हें अपनी शक्ति के बल पर बन्धक भी बना सकता है।

---

1. व्यास महाभारत में बाबना भूत का कोई ज़िक्र नहीं है। ओड़िआ भाषा में बाबना भूत के ऊपर दो कहानियाँ हैं। उनमें से एक लोककथा है जिसमें बाबना भूत को भगवान जगन्नाथ के सेवक के रूप में प्रस्तुत किया गया है। गुण्डिचा मन्दिर में भगवान साल में सिर्फ़ सात दिनों के लिए प्रवास करते हैं। उनकी अनुपस्थिति में बाबना बुरी शक्तियों से मन्दिर की रक्षा करता है। दूसरी कहानी सारला महाभारत के उद्योग पर्व का हिस्सा है जो भानुमती अपने पति दुर्योधन को सुनाती है। इसके अलावा उद्योग पर्व में बाबना भूत का भरद् के प्रसंग में एक बार फिर से ज़िक्र आता है।

उसने अपने मज़दूरों को ज़मीन की खुदाई के लिए भेजा। जब भूतों ने उन्हें परेशान किया, शूद्रक ने तन्त्र विद्या से उन्हें एक जाल में फाँस लिया। उस जाल से मुक्ति पाने के लिए भूतों ने उसे ख़ूब सारा तिल भेंट किया।

उन भूतों के राजा का नाम बाबना था। वह बहुत ही ख़तरनाक और शातिर भूत था। कुछ समय बाद वह ज्ञानपुर आया। वह यह देखकर बहुत क्रुद्ध हुआ कि उनके खेलने की जगह जो ख़ाली पड़ी रहती थी वहाँ अब जुताई होने लगी है। उसने शूद्रक को परेशान करने का निर्णय किया। उसके साथियों ने उसे चेताया लेकिन वह नहीं माना। वह शूद्रक के बेटे के शरीर में घुस गया। लेकिन जब शूद्रक ने अपने बेटे को लोहे की मोटी–मोटी ज़ंजीरों में बाँध दिया तो बाबना बुरी तरह से डर गया। उसने शूद्रक से माफ़ी माँगी। शूद्रक ने बाबना को तभी छोड़ा जब उसने गाँव के लोगों को डरा कर इकट्ठा किया गया धान वापस करने का वायदा किया।

कहानी समाप्त करते हुए भानुमती ने अपने पति दुर्योधन को आगाह किया कि दूसरों की सम्पत्ति हड़पने वालों का अन्त भी बाबना भूत की तरह ही होता है। यह भानुमती की चेतावनी भी थी और सलाह भी। हस्तिनापुर का राज्य कुरु राजवंश का था। कुरु अर्थात पाण्डव और कौरव। भानुमती का कहना था कि पाण्डवों को उनके हिस्से का राज्य न देकर दुर्योधन उनके साथ अन्याय कर रहा है जो निश्चित रूप से कौरवों के लिए संकट का कारण बनेगा।

दुर्योधन ने उसका परामर्श यह कहते हुए ठुकरा दिया कि अगर वह स्त्री न होती तो वह उसे अवश्य ही दण्डित करता। उसने भानुमती के बजाय शकुनि की सलाह को मानना बेहतर समझा जिसका बाद में उसे पछतावा हुआ।

बेलालसेन महाभारत

युद्ध के मैदान के बँटवारे को लेकर पाण्डव और कौरव एकत्रित हुए। कृष्ण की उपस्थिति में मैदान दो भागों में बाँटा गया। कृष्ण ने स्वयं बीच की रेखा खींची। पूर्वी भाग पाण्डवों का और पश्चिमी भाग कौरवों का निश्चित हुआ।

शकुनि ने कृष्ण से कहा, "हे अनन्ता! अब होने वाले युद्ध के साक्षी को यहाँ स्थापित करिये।" यह सुनकर कृष्ण ने भीम से कुण्डली पर्वत से अगर नाम के पेड़ को लाने के लिए कहा। इस पेड़ को बहुत समय से तीरन्दाज़ी के अभ्यास के लिए निशाने की तरह इस्तेमाल किया जा रहा था। जिस वजह से इसके ऊपर का हिस्सा नहीं था और यह एक स्तम्भ की तरह दिखता था। सिर्फ़ तने मात्र इस विशाल पेड़ को हज़ारों पहलवान मिलकर भी नहीं हिला सकते थे।

भीम बिना किसी मुश्किल के इस पेड़ को उखाड़कर कृष्ण के पास ले आया। कृष्ण ने पेड़ खड़ा करने के लिए उससे गड्ढा खोदने के लिए कहा। भीम ने अनेक बार कोशिश की लेकिन पेड़ सीधा खड़ा नहीं हो पाया। कृष्ण ने सहदेव से इसका कारण पूछा। सहदेव ने कृष्ण को पेड़ से ही इसका रहस्य पूछने की सलाह दी।

कृष्ण ने पेड़ से पूछा। पेड़ दैवी रूप में प्रकट हुआ और उसने एक पाण्डव की बलि माँगी।

कृष्ण चिन्तित हो गये और उन्होंने सहदेव से फिर से पूछा कि युद्ध की इस घड़ी में वे किसका बलिदान करें। सहदेव ने उत्तर दिया, "एक है जिसके बारे में किसी को भी नहीं पता है।" "कौन?"

कृष्ण ने आश्चर्य से पूछा। "भीम का पुत्र, बेलालसेन!" सहदेव ने उत्तर दिया। उसने बताया कि जब भीम को मारने के लिए दुर्योधन ने उसे धोखे से ज़हरीले लड्डू खिलाये थे और अचेत होने पर उसे यमुना नदी में फेंक दिया था, उस समय जल में क्रीड़ारत नाग कन्याएँ भीम को अपने साथ ले गयीं। वहाँ अनन्त नाग ने भीम को अमृत रस पिलाया जिससे उसका बल नौ हज़ार नागों के बराबर हो गया। कुछ समय बाद भीम का विवाह नाग राजकुमारी बेलाबाली के साथ हुआ और उन दोनों को एक पुत्र हुआ। भीम को उसे बुलाना चाहिए, सहदेव ने कृष्ण को सलाह दी। तब कृष्ण ने भीम के पास जाकर उसे अपने पुत्र बेलालसेन को बुलाने के कहा। भीम ने ऐसा ही किया।

जब भीम ने अपने पुत्र को याद किया तो पाताललोक में रह रहा बेलालसेन बेचैन होने लगा। "मेरी आँख लगातार फड़क रही है, माँ! ऐसा क्यों हो रहा है?" बेलालसेन ने बेलाबाली से पूछा। "तुम्हारे पिता तुम्हें याद कर रहे हैं। जल्दी ही पाण्डवों और कौरवों के बीच युद्ध होने वाला है," उसकी माँ ने उसे बताया। यह सुनते ही युवा बेलालसेन तुरन्त ही कुरुक्षेत्र के लिए रवाना हो गया। उसके तरकश में सिर्फ़ एक तीर था। कुरुक्षेत्र पहुँचने पर उसने सर्वप्रथम नारायण के अवतार प्रभु श्रीकृष्ण को प्रणाम किया। उसके बाद उसने युधिष्ठिर, अपने पिता, चाचा, भीष्म, द्रोण और अन्य अग्रजों को प्रणाम किया। हर कोई सात फण वाले इस युवा नाग राजकुमार को देख कर प्रसन्न था।

शाम ढल चुकी थी। कृष्ण ने सभी से विश्राम करने के लिए कहा। उसके बाद वे द्वारका चले गये। उस रात भीम ने अपने पुत्र बेलालसेन से पूछा कि युद्ध जीतने के लिए क्या करना चाहिए। उसने अपने पिता को चिन्ता न करने के लिए कहा और उन्हें आश्वस्त करते हुए कहा कि वह अकेले ही कौरवों को एक दिन में परास्त कर सकता है।

अगले दिन सुबह जब बेलालसेन पत्थर पर अपने तीर को पैना करने में व्यस्त था, उस समय कृष्ण वहाँ आये। कृष्ण को देखते ही उसने उन्हें प्रणाम किया। कृष्ण ने उससे पूछा कि वह अपना तीर

पैना क्यों कर रहा है। बेलालसेन ने कहा कि उस एक तीर से वह एक दिन में ही सभी को परास्त कर सकता है। "क्या यह वाक़ई में ऐसा कर सकता है?" कृष्ण ने आश्चर्य से पूछा। बेलालसेन ने तीर की नोक को सिन्दूर में डुबोया और फिर उस तीर को आदेश देते हुए कहा कि वह जिसको भी युद्ध के मैदान में मार सकता है उनके मस्तक पर निशान लगा कर वापस आये। बिना किसी के जानकारी के उस तीर ने, चाहे पाण्डव हो या फिर कौरव और या फिर उनके सैनिक, सभी के माथे पर निशान बना दिया। केवल एक व्यक्ति रह गया और वह कृष्ण थे।

यह देख कृष्ण ने बेलालसेन से कहा, "मेरे पुत्र! मैं अगर तुम से कुछ माँगू तो क्या तुम वह मुझे दोगे?" "मेरे प्रभु! आप जो कहेंगे वह मैं आपको दूँगा, मैं वचन देता हूँ," बेलालसेन ने उत्साहित होते हुए कहा। कृष्ण ने उसे बाद में बताने का वादा किया और फिर वे वहाँ से चले गये।

कृष्ण पाण्डवों के पास पहुँचे। वे बहुत दुखी थे। युधिष्ठिर यह देख कर चिन्तित हो गये। उन्होंने कृष्ण से उनकी परेशानी का कारण पूछा। कृष्ण ने भीम की ओर देखकर कहा, "अगर तुम मुझे यह वचन दो कि जो भी मैं माँगूगा वह तुम मुझे दोगे, तभी मैं तुम्हें बताऊँगा कि पेड़ क्यों नहीं खड़ा हो पा रहा है।" तत्क्षण भीम ने कृष्ण को वचन दिया।

कृष्ण ने पाण्डवों को बताया कि दिव्य पेड़ किसी एक पाण्डव की बलि चाहता है। पाण्डव यह सुनकर उलझन में पड़ गये।

नकुल ने रोना शुरू कर दिया। उसे लगा कि उसे ही बलि के लिए चुना जायेगा क्योंकि वह और सहदेव युधिष्ठिर के सौतेले भाई हैं, और वैसे भी कृष्ण कभी युधिष्ठिर, भीम या अर्जुन को नहीं चुनेंगे। युधिष्ठिर ने उससे चिन्ता न करने को कहा, "तुम क्यों रो रहे हो, मेरे भाई! तुम्हारे लिए मैं वन वापस चला जाऊँगा।" कृष्ण ने भी उसे आश्वस्त किया। "कोई और है जिसकी बलि दी जा सकती है। अगर भीम राज़ी हो," कृष्ण ने बात बढ़ायी। भीम ने अपना वचन दोहराया कि कृष्ण जो भी कहेंगे वह उसका पालन करेगा। "हे प्रभु!

मुझे बतायें, वह कौन है?" भीम ने पूछा। "तुम्हारा पुत्र बेलालसेन," कृष्ण ने उत्तर दिया।

पुत्र का नाम सुनते ही भीम ने साफ़ इनकार कर दिया। उसने कृष्ण से कहा कि वह वचन तोड़ने के लिए कठोर से कठोर दण्ड भुगतने के लिए तैयार है, लेकिन अपने पुत्र की बलि नहीं देगा। कृष्ण ने कुछ नहीं कहा। वे थोड़ा दूर हट कर बैठ गये। उनके चेहरे पर उदासी झलक रही थी पर भीम भी अपनी बात से हटने के लिए तैयार न था।

लेकिन क्या प्रभु के लिए कुछ भी असम्भव था? उन्होंने वाक् देवी का आह्वान किया और उनसे भीम की जिह्वा पर बैठकर उससे वो कहलवाने के लिए कहा जो वे चाहते थे। जल्दी ही भीम कृष्ण के पास आया। उसने अपने पुत्र की बलि देना स्वीकार कर लिया पर साथ में यह भी कहा कि उन्हें ही बेलालसेन को इसके लिए मनाना होगा। ये वाक् देवी के शब्द थे जो भीम के मुँह से निकल रहे थे।

बिना समय गँवायें कृष्ण तुरन्त ही बेलालसेन के पास पहुँचे। उन्होंने उससे उसका सिर दान में माँगा। यह सुन युवा राजकुमार ने प्रसन्नता के साथ कृष्ण से कहा, "हे प्रभु! मैं अवश्य ही अपना सिर आपको दूँगा लेकिन कृपा करके मेरी एक इच्छा पूरी करें। मेरे मस्तक को अपने सुदर्शन चक्र से उसी तरह काटें जिस तरह आपने शिशुपाल को मुक्ति प्रदान की थी और फिर मेरे कटे हुए सिर को उस शुभ स्तम्भ पर रख दीजियेगा ताकि मैं कुरुक्षेत्र का युद्ध देख सकूँ।" "ऐसा ही होगा," यह कह कर कृष्ण उसे स्तम्भ के पास ले गये।

बेलालसेन ध्यान की मुद्रा में कृष्ण के चरणों के पास बैठ गया। आकाश से आये चक्र ने उसके मस्तक को धड़ से अलग कर दिया। कृष्ण ने उसके धड़ को पेड़ के लिए खोदे गये गड्ढे में डाल दिया। पेड़ सीधा खड़ा हो गया और बेलालसेन का सिर उस स्तम्भ के ऊपर बैठ कर 'हरि' 'हरि' का जाप करने लगा।

यह बेलालसेन की कहानी का पहला हिस्सा था।[1] बेलालसेन के सिर ने कुरुक्षेत्र का पूरा युद्ध देखा। युद्ध समाप्त होने के बाद हर कोई

---

1. बेलालसेन की कहानी बर्बरीक की याद दिलाती है। यह ध्यान देने योग्य है कि व्यास महाभारत में बर्बरीक और बेलालसेन दोनों कहानियाँ नहीं हैं।

विजय का श्रेय लेने के लिए आतुर था। तब पाण्डवों की उपस्थिति में कृष्ण ने बेलालसेन से पूछा कि उसने क्या देखा। बेलालसेन ने कुरुक्षेत्र के युद्ध का वर्णन करते हुए कहा, "मैंने एक चक्र देखा जिसके इर्द–गिर्द हज़ारों सूर्य जितनी चमक थी। वह युद्ध के मैदान में लगातार, बिना रुके, यहाँ से वहाँ घूम रहा था। वह कभी इस तरफ़ के लोगों को मारता था तो कभी उस तरफ़ के लोगों को। मैंने किसी मनुष्य को किसी और मनुष्य को मारते हुए नहीं देखा।"[1] यह बेलालसेन की महाभारत थी, विशुद्ध कृष्ण लीला, विशुद्ध गीता–अर्जुन और भीम ने केवल उन्हें मारा जो पहले से मर चुके थे अर्थात कृष्ण ही एकमात्र कर्ता हैं बाकी सब तो निमित्तमात्र थे।[2]

---

1. बेलालसेन की कहानी का दूसरा भाग, जिसमें उसने कुरुक्षेत्र के युद्ध का वर्णन किया है, बर्बरीक की कहानी से काफ़ी मिलता है। दोनों कहानियों के बीच एक बड़ा अन्तर यह है कि सारला में दिव्य चक्र बिना किसी भेदभाव के दोनों पक्षों के लोगों को मार रहा था, न कि केवल उन्हें जो पापी थे।

2. आर्तबल्लभ मोहन्ती द्वारा सम्पादित सारला महाभारत को आम तौर पर मानक संस्करण माना जाता है। इस संस्करण में बेलालसेन की कहानी का पहला भाग नहीं है। कहानी के दूसरे भाग को सम्पादक ने इस टिप्पणी के साथ सम्मिलित किया कि यह मुख्य पोथी में नहीं बल्कि एक अन्य पोथी में है। इस कहानी का पहला भाग जगन्नाथ दास की महाभारत में भी मिलता है जिसे सारला महाभारत का सार भी माना जाता है। लेकिन इसमें दूसरा भाग नहीं है जोकि सारला महाभारत में मिलता है।

धर्मयुद्ध का आरम्भ

युद्ध के मैदान में कौरवों और पाण्डवों की सेना आमने–सामने खड़ी थीं। पितामह भीष्म कौरव सेना के सेनापति थे। उनका पराक्रम सर्वविदित था जिसकी वजह से पाण्डव सेना भयभीत थी। कृष्ण को इसका अहसास हो गया और इस डर को दूर करने के लिए उन्होंने अर्जुन से भीष्म पर आक्रमण करने के लिए कहा।[1] लेकिन अर्जुन युद्ध आरम्भ करने को लेकर अनिच्छुक था। उसकी दृष्टि में युद्ध आरम्भ करना धर्म विरुद्ध था। उसने कहा कि वह युद्ध तभी करेगा जब उन पर आक्रमण होगा। कृष्ण ने समझाया कि पाण्डवों को उनके हिस्से का राज्य वापस न करके दुर्योधन पहले ही अधर्मी होने का प्रमाण दे चुका है इसलिए अब उसकी सेना से युद्ध करने में किसी भी तरह का अधर्म नहीं होगा। लेकिन अर्जुन ने अपनी विवशता प्रकट की। उसने कृष्ण से कहा कि भीष्म, द्रोण, अश्वत्थामा, और शल्य उसके लिए पूजनीय हैं जबकि कर्ण उसके बड़े भाई होने के नाते पिता तुल्य है।[2]

यह सुनकर कृष्ण ने अर्जुन से शकुनि को मारने के लिए कहा, क्योंकि शकुनि द्वारा रचा गया षड्यन्त्र ही भाइयों के बीच इस लड़ाई का मूल कारण था। हालाँकि सर्वज्ञ कृष्ण अच्छी तरह से जानते थे कि शकुनि वास्तव में कौरवों का विनाश चाहता था। वे जानते थे कि

---

1. व्यास महाभारत में अर्जुन ने युद्ध में अपने प्रतिद्वन्द्वियों को देखने के लिए कृष्ण वासुदेव से अपने रथ को मैदान के बीचों–बीच ले जाने के लिए कहा था। किन्तु सारला महाभारत में ऐसा नहीं होता है।

2. सारला की कथा में कर्ण और पाण्डवों के सम्बन्ध के बारे में सभी को जानकारी थी।

शकुनि कोई साधारण व्यक्ति नहीं अपितु एक ज्ञानी पुरुष था जो भूत और भविष्य को देख सकता था। अर्जुन ने पुनः इनकार कर दिया। तब कृष्ण ने दुर्योधन को मारने के लिए कहा। इस पर दुर्योधन को बड़ा भाई बताते हुए अर्जुन ने उस पर भी आक्रमण करने से इनकार कर दिया। अर्जुन ने तर्क दिया कि इस युद्ध के मैदान में जो भी दिखाई दे रहे हैं वे सब उसके परिजन हैं, इसलिए मात्र अपने राज्य को पुनः प्राप्त करने के लिए वह उनसे युद्ध नहीं करेगा। वे सब वन में प्रसन्नतापूर्वक रह रहे थे और अपने सम्बन्धियों को मारने के बजाय उसे वन में वापस जाना स्वीकार है, यह कहकर अर्जुन ने कृष्ण से युद्ध के लिए मजबूर न करने का आग्रह किया।

कृष्ण अर्जुन का उत्तर सुनकर दंग रह गये और सोचने लगे कि किस प्रकार अर्जुन की हिचकिचाहट को दूर करके उसे युद्ध के लिए मनाया जाये। लेकिन उन्होंने अर्जुन से कुछ भी नहीं कहा। उन्होंने निश्चित रूप से सोचा होगा कि यह उनकी समस्या नहीं है। पाण्डवों को अपने कर्म स्वयं तय करने होंगे। और फिर उन्होंने पाण्डव परिवार के मुखिया युधिष्ठिर की तरफ़ रथ को मोड़ कर उन्हें अर्जुन की युद्ध के प्रति उदासीनता के बारे में बताया।

स्वभाव से भावुक और आदर्शवादी युधिष्ठिर ने अर्जुन का समर्थन करते हुए कहा कि वे स्वयं भी अपने भाइयों से लड़ना नहीं चाहते हैं। भीम यह सब देख कर अधीर होने लगा। उसने दुर्योधन द्वारा अनेक अवसरों पर उनके साथ किये गये अपमान और अन्याय को याद करते हुए कृष्ण से युद्ध आरम्भ करने की अनुमति माँगी। उसने कहा कि अगर युधिष्ठिर और अर्जुन ऐसा करने को तैयार नहीं हैं तो वह अकेले ही भीष्म, द्रोण और शेष योद्धाओं को समाप्त कर सकता है। कृष्ण ने उससे तुरन्त दुःशासन पर आक्रमण करने को कहा। लेकिन जैसे ही भीम आगे बढ़ा, युधिष्ठिर ने उसे रोक दिया। उन्होंने युद्ध रोकने के लिए अन्तिम प्रयास करने की इच्छा व्यक्त की। उन्होंने कहा कि वह युद्ध के मैदान में अकेले ही दुर्योधन के पास जायेंगे और पाँच गाँवों के लिए दुर्योधन से पुनः आग्रह करेंगे।

कृष्ण जानते थे कि दुर्योधन नहीं मानेगा, फिर भी उन्होंने युधिष्ठिर से कुछ नहीं कहा।

युधिष्ठिर अपने रथ से उतर कर कौरवों की तरफ़ पैदल चल पड़े। यह देख कर अन्य पाण्डव चिन्तित हो गये। उन्होंने युधिष्ठिर को समझाने का प्रयास किया लेकिन वे नहीं माने। वे भीष्म, भूरिश्रवा, शल्य, द्रोण, अश्वत्थामा और कृपाचार्य के पास गये और उन सभी को प्रणाम किया। सभी ने युधिष्ठिर को विजय का आशीर्वाद दिया। यह सुनकर युधिष्ठिर ने उनसे पूछा कि उन अजेय योद्धाओं के कौरव सेना में रहते हुए उनका विजय का यह आशीर्वाद कैसे फलीभूत होगा। सभी ने एक–एक करके युधिष्ठिर को बताया कि युद्ध कैसे आगे बढ़ेगा और उनकी मृत्यु कैसे होगी, जैसे कि भीष्म ने बताया कि युद्ध के दसवें दिन युधिष्ठिर उनके सामने शिखण्डी को लायेंगे जिसके सामने वे अपने शस्त्रों का प्रयोग नहीं करेंगे। अश्वत्थामा ने युधिष्ठिर को बताया कि कौरव सेना की पराजय होगी क्योंकि कृष्ण पाण्डवों के साथ हैं। हालाँकि उसने अपनी मृत्यु के बारे में कुछ नहीं कहा क्योंकि सभी जानते थे कि वह अमर है।

उसके बाद युधिष्ठिर कर्ण के पास गये और उससे पाण्डवों के साथ आने के लिए प्रार्थना की। युधिष्ठिर ने कहा कि पाण्डवों के साथ आने पर कर्ण ही राजा बनेगा और पाण्डव उसकी सेवा करेंगे लेकिन कौरवों के साथ रहने पर परिणाम विपरीत होंगे। इस पर कर्ण ने युधिष्ठिर को विजय, समृद्धि और दीर्घायु होने का आशीर्वाद दिया किन्तु दुर्योधन का परित्याग करने में असमर्थता व्यक्त की। हताश युधिष्ठिर ने आकाश की ओर देखते हुए कहा कि वे अपने बड़े भाई कर्ण जिन्होंने अपने भाइयों और धर्म दोनों को छोड़ दिया है के प्रति अब ज़िम्मेदार नहीं होंगे।

युधिष्ठिर ने कर्ण से उसकी मृत्यु के बारे में नहीं पूछा, जबकि उन्होंने इस सन्दर्भ में पितामह भीष्म से स्पष्ट संवाद किया था। आख़िर कर्ण की तरह भीष्म और गुरु द्रोण भी तो पिता तुल्य थे। क्या युधिष्ठिर को कर्ण भीष्म की बराबरी के योद्धा नहीं लगे जो उनकी

विजय की राह में बाधा बन सके? भीष्म के पराक्रम की बात करें तो वह निश्चित रूप से अतुलनीय योद्धा थे। उन्होंने महर्षि परशुराम को हराया था और उनकी सहमति के बिना मृत्यु उनके पास फटक भी नहीं सकती थी, उनके पास इच्छा–मृत्यु का वरदान जो था। या फिर युधिष्ठिर के लिए एक माँ की सन्तान होने की वजह से बना सम्बन्ध किसी अन्य सम्बन्ध की तुलना में कहीं अधिक महत्त्वपूर्ण था।

अन्त में युधिष्ठिर दुर्योधन के पास गये जो उस समय धृतराष्ट्र और महामन्त्री शकुनि के साथ था। युधिष्ठिर ने बड़े पिता धृतराष्ट्र को सादर प्रणाम किया और फिर दुर्योधन के समक्ष कोई भी पाँच गाँव पाण्डवों को देने का प्रस्ताव दोहराया। उन्होंने दुर्योधन से याचना करते हुए कहा कि अगर पाँच या तीन या फिर दो गाँव देना भी उसको अस्वीकार्य है तो पाण्डव एक गाँव से ही सन्तोष कर लेंगे। लेकिन दुर्योधन ने साफ़ इनकार कर दिया और कहा कि बिना युद्ध वह एक गाँव तो क्या सूई के नोक के बराबर भी भूमि नहीं देगा।

तब युधिष्ठिर ने कौरव सेना के सभी योद्धाओं से आह्वान किया कि जो भी युद्ध में धर्म का साथ देना चाहता है और दीर्घायु की कामना करता है, वह पाण्डवों के साथ आ सकता है। यह सुनकर कौरव राजकुमार दुर्दस अपनी सेना के साथ पाण्डवों की तरफ़ आ गया। युधिष्ठिर ने उसे दीर्घायु होने का आशीर्वाद दिया।

दुर्दस के इस निर्णय से कौरव परेशान हो गये और उन्होंने उस पर आक्रमण कर दिया। दुर्योधन ने युधिष्ठिर पर भी आक्रमण करने का आदेश दिया और इस तरह से कुरुक्षेत्र के युद्ध का आरम्भ हुआ।

शत्रु के पाले में निराश्रित और निहत्थे युधिष्ठिर को अपने भाइयों की सलाह की अनदेखी करने पर पछतावा हुआ। दुर्दस वीरता के साथ युद्ध करने लगा और युधिष्ठिर ने सुरक्षा के लिए देवी मंगला से प्रार्थना की। इसी बीच हनुमान जो अर्जुन के रथ के शीर्ष पर विराजमान थे उन्होंने कृष्ण को बताया कि युधिष्ठिर कौरव सेना से घिरे हुए हैं। कृष्ण ने युधिष्ठिर की रक्षा के लिए भीम को आगे जाने का निर्देश दिया और साथ ही अर्जुन को भी इस बारे में सूचित किया।

अर्जुन यह सुनकर परेशान हो गया। उसने अपने सारथि बने कृष्ण से युधिष्ठिर की तरफ़ चलने के लिए कहा। उसे यह भय सताने लगा कि कहीं उसके बड़े भाई को शत्रु बन्दी न बना ले। कृष्ण ने अर्जुन को उलाहना दी कि वह चिन्तित क्यों हो रहा है आख़िर कौरव भी तो युधिष्ठिर के भाई हैं। परेशान अर्जुन ने कृष्ण से आग्रह किया कि वे उसे ताना न मारें और उसके भाई की तरफ़ रथ को ले चलें क्योंकि वह अब युद्ध करने के लिए तैयार है।

अर्जुन के मन की ऊहापोह इतनी जल्दी कैसे ख़त्म हो गयी? क्या उसकी हिचकिचाहट मात्र भावुकता के पल थे? क्या अर्जुन के दृष्टिकोण में आये परिवर्तन का कारण युद्ध का आरम्भ होना था? एक बार जब युद्ध शुरू हो गया तो अर्जुन के मन में बड़े भाई की सुरक्षा सर्वोपरि हो गयी।

जब अभिमन्यु ने अर्जुन को पहचानने से इनकार किया

रात्रि के आख़िरी पहर में पाण्डवों को सूचना मिली कि अगले दिन युद्ध के मैदान में कौरव सेनापति गुरु द्रोण की योजना चक्रव्यूह बनाने की है। अर्जुन के अलावा किसी को भी इस चक्रव्यूह का भेद नहीं पता था। अभिमन्यु को व्यूह में सिर्फ़ प्रवेश करना आता था। पाण्डव परेशान थे। कृष्ण भी चिन्तित थे लेकिन किसी और बात को लेकर। वे सहदेव को एक कोने में लेकर गये और उसे रात के अपने भयावह स्वप्न के बारे में बताया। उन्होंने सपने में देखा था कि एक योद्धा वैष्णव चक्र लेकर उनके ऊपर आक्रमण करने आ रहा है। उन्होंने कहा कि वे कल युद्ध के मैदान में नहीं आयेंगे और समुद्र के अन्दर छिप जायेंगे।

कृष्ण की बात सुनकर सहदेव ने कहा, "आप समस्त ब्रह्माण्ड के स्वामी हैं! ऐसा क्या है जिस पर आप अंकुश न लगा सकें।" और फिर उसने उनके स्वप्न का वास्तविक अर्थ बताते हुए कहा, "हे सुदर्शन चक्रधारी! आपके स्वप्न का अर्थ कुछ और है जो स्वयं आपके द्वारा ही रचा गया है। जब आपने धरती पर अवतरित होने का निर्णय लिया था तब आपने देवी उग्रतारा और उनके पुत्र आदि से भी अवतार लेने के लिए कहा। देवी माता यशोदा की पुत्री के रूप में अवतरित हुईं और अपनी भूमिका निभाने के बाद वे स्वर्ग वापस चली गयीं। आदि से आपने सुभद्रा के पुत्र अभिमन्यु के रूप में जन्म लेने के लिए कहा। आदि स्वर्ग छोड़ने को लेकर अनिच्छुक था। उसने आपसे वचन लिया कि वह सिर्फ़ चौदह वर्ष तक ही आपके साथ रहेगा। चौदह वर्ष पूरे होते ही वह स्वर्ग वापस लौट जायेगा। आज उसके चौदह वर्ष पूरे हो गये हैं।

अगर आपने उसे स्वर्ग वापस नहीं भेजा तो वह तबाही मचा देगा। ऐसे में वह किसी को भी नहीं छोड़ेगा न ही अर्जुन को और न ही आपको, जैसा उसने आपसे कहा था।"

"लेकिन जब तक अर्जुन रणभूमि में है तब तक कोई अभिमन्यु को छू भी नहीं सकता है," कृष्ण ने चिन्ता जतायी।[1] "एक रास्ता है, प्रभु!" सहदेव ने कहा। "म्लेच्छ लोगों की सेना सरस्वती नदी के किनारे खड़ी हुई है। राक्षस जैसे ये लोग बहुत ही क्रूर लड़ाके होते हैं। बेहिचक छल–कपट और तन्त्र–मन्त्र का इस्तेमाल करते हैं। आपको अर्जुन को उनसे युद्ध करने के लिए ले जाना होगा। अर्जुन के यहाँ न होने पर अभिमन्यु चक्रव्यूह को भेदने के लिए जायेगा। बाक़ी पाण्डव उसके पीछे होंगे। जयद्रथ जिसे भगवान शिव से वरदान मिला है कि वह एक दिन के लिए पाण्डवों को हराने में सक्षम होगा, वह अन्य पाण्डवों को अभिमन्यु के साथ आगे बढ़ने से रोक लेगा। अकेला अभिमन्यु व्यूह में कौरवों से घिर जायेगा। और उसे वीरगति की प्राप्ति होगी।"

कृष्ण ने राहत की साँस लेते हुए अपना शंख बजाया। इसके बाद वे तुरन्त अर्जुन के साथ युधिष्ठिर के पास पहुँचे। उनके बीच द्रोण के चक्रव्यूह को लेकर मन्त्रणा हुई। उन्होंने युधिष्ठिर को बताया कि चक्रव्यूह के प्रथम द्वार पर स्वयं द्रोण, दूसरे पर जयद्रथ, तीसरे पर कर्ण, फिर क्रमशः शल्य, कृपाचार्य, भूरिश्रवा और अन्तिम सातवें द्वार पर कौरव होंगे। पाण्डवों के सेनापति धृष्टद्युम्न ने अपनी योजना समझाते हुए कहा कि सर्वप्रथम व्यूह में अर्जुन प्रवेश करेगा; चारों पाण्डव उसका अनुगमन करेंगे; वह स्वयं द्रोण से युद्ध करेगा; शिखण्डी जयद्रथ के साथ; अभिमन्यु कर्ण से; उत्तर शल्य से; द्रुपद कृपाचार्य से और सात्यकि भूरिश्रवा से युद्ध करेगा। "निश्चित रूप से पाण्डव सेना की विजय होगी," धृष्टद्युम्न ने उनसे कहा।

तब कृष्ण ने युधिष्ठिर को मेलक्सा के राजा मायासुर की सेना और उसके जटिल व्यूह के बारे में बताया।[2] उन्होंने आशंका जतायी

---

1. व्यास महाभारत में अर्जुन को रणभूमि से दूर ले जाने की योजना दुर्योधन ने गुरु द्रोण के कहने पर बनायी थी।
2. व्यास महाभारत में अर्जुन का युद्ध संशप्तकों के साथ हुआ था।

कि जब पाण्डव युद्ध की तरफ़ कूच करेंगे, मायासुर निश्चित रूप से वारुणावन्त पर आक्रमण करेगा। उन्होंने कहा, "ये म्लेच्छ लोग बेहद ही क्रूर होते हैं। ये लोगों का धन छीन लेते हैं और बहुत ही निर्दयतापूर्वक लोगों को मारते हैं। ये पूरा गाँव उजाड़ देते हैं और महिलाओं का बलात्कार करते हैं। उन्हें जघन्य से जघन्य अपराध करने में कोई हिचक नहीं होती है।" कृष्ण ने युधिष्ठिर को यह भी बताया कि दुर्योधन ने मायासुर को ऐसा करने के लिए यत्नपूर्वक प्रसन्न किया है। जबकि दुर्योधन को तो ख़बर भी नहीं थी कि मायासुर इतनी बड़ी सेना लेकर खड़ा है।

कृष्ण की बात सुनकर सब चिन्ता में पड़ गये। अर्जुन ने प्रभु के चरणों में गिर कर उनसे विनती की कि वे उसे मायासुर के व्यूह को भेदने के लिए ले जायें। कृष्ण ने हामी भर दी और साथ में युधिष्ठिर से चिन्ता न करने के लिए कहा। उन्होंने आश्वासन दिया कि अर्जुन के साथ वे भी उन राक्षसों से युद्ध करेंगे और जल्दी ही उन सबको समाप्त करके वापस कुरुक्षेत्र के मैदान में गुरु द्रोण के चक्रव्यूह को भेदने के लिए लौट आयेंगे। अगर उन्हें देर भी हो जाये तो भी चिन्ता करने की कोई आवश्यकता नहीं है क्योंकि व्यूह में सूर्यास्त के बाद भी प्रवेश किया जा सकता था। उन्होंने सबको आगाह किया कि कोई भी उनके आने से पूर्व द्रोण के चक्रव्यूह में घुसने का प्रयास न करे।

अगले दिन कृष्ण अर्जुन को सरस्वती नदी के किनारे ले गये। वहाँ अर्जुन ने असुरों की विशाल सेना देखी जो क़रीब पन्द्रह योजन के दायरे में फैली हुई थी। उसका सेनापति बहुत ही भयानक लग रहा था। उनके पास अनेक तरह के हथियार थे। लेकिन अर्जुन बेफ़िक्र था। उसने कृष्ण से कहा कि वह इन असुरों को आसानी से मार सकता है। किन्तु वह उन पर आक्रमण करने की पहल नहीं करना चाहता है क्योंकि न ही उन असुरों ने उस पर आक्रमण किया है और न ही उसका उनसे कोई बैर है। पर अर्जुन उनका जलन्धर व्यूह देखने के लिए उत्सुक था। उसने कहा कि ऐसा व्यूह उसने न पहले कभी देखा और न ही कभी उसके गुरु ने इसका ज़िक्र किया।

कृष्ण ने कहा कि वे उसे व्यूह तक ले जायेंगे लेकिन जैसे ही वे व्यूह में प्रवेश करेंगे उसे असुरों पर अपने तीर चलाने के लिए तैयार रहना होगा। और हुआ भी यही।

कृष्ण और अर्जुन जैसे ही व्यूह के द्वार पर पहुँचे, असुरों ने उन पर आक्रमण कर दिया। जवाब में अर्जुन ने भी उन पर अपने तीरों की बरसात कर दी। भयानक युद्ध हुआ। असुरों ने जादुई शक्तियों का प्रयोग किया। अर्जुन ने भी दैवी अस्त्र चलाये। असुरों के छल को देख कृष्ण ने अर्जुन को भी छल का सहारा लेने की सलाह दी। लेकिन देखते ही देखते घमासान युद्ध के बीच अर्जुन, कृष्ण और हनुमान एक–दूसरे से दूर हो गये। मौक़े का फ़ायदा उठाते हुए असुरों ने अर्जुन को क़ैद कर लिया। जब कृष्ण को अर्जुन कहीं नज़र नहीं आया तो उन्होंने असुरों पर आक्रमण कर दिया। असुर हारने लगे। घबराकर जटासुर नाम के एक असुर ने उनके चरणों पर गिर कर माफ़ी माँगी। उसने कहा कि वह उन्हें अर्जुन के पास ले जायेगा। कृष्ण मान गये। जटासुर उन्हें वीरान जगह पर एक गहरें कुएँ के पास ले गया और कहा कि अर्जुन इस कुएँ के अन्दर है। कृष्ण कुएँ के अन्दर कूद गये और इस तरह वे भी उन राक्षसों के फँदे में फँस गये।

यह स्पष्ट नहीं है कि कृष्ण और अर्जुन उन असुरों को मार कर व्यूह से कैसे बाहर निकले। लेकिन यह भयानक युद्ध उसी क्षण समाप्त हो गया, जैसे ही कृष्ण को पता चला कि अभिमन्यु युद्ध में मारा गया है। जब तक अर्जुन और कृष्ण कुरुक्षेत्र के मैदान पर पहुँचे, अँधेरा हो गया था। अभिमन्यु का विकृत शरीर मानो उनका इन्तज़ार कर रहा था। पुत्र की मृत्यु का समाचार सुनकर अर्जुन शोक में डूब गया। लेकिन जल्दी ही दुख क्रोध में बदल गया। कृष्ण ने उसे समझाने की कोशिश की लेकिन अर्जुन पर कोई असर नहीं पड़ा। "हे हरि! द्रोण और कर्ण का सामना करने से डर रहे मेरे कायर भाइयों की वजह से ही मेरा पुत्र मारा गया। मैं उन सभी का शिरोच्छेदन कर दूँगा," आक्रोशित अर्जुन ने कृष्ण से कहा।

"कोई भी अभिमन्यु की मृत्यु का ज़िम्मेदार नहीं हैं," कृष्ण ने उसे समझाया। "इस समय इन्द्र को उसकी आवश्यकता है। स्वर्ग पर उदय कबन्ध नाम के राक्षस ने आक्रमण कर दिया है। बड़े–से–बड़े देवता भी उसे हराने में असमर्थ हैं। केवल अभिमन्यु ही उस राक्षस को मार सकता है।" उन्होंने यह भी बताया कि इस समय अभिमन्यु उस राक्षस से ही युद्ध कर रहा है। लेकिन अर्जुन नहीं माना। उसने कहा कि वह तभी विश्वास करेगा जब वह अपनी आँखों से देखेगा। "हे हरि! मुझे मेरे पुत्र से मिलवाइए," अर्जुन ने कृष्ण से याचना की।

कृष्ण अर्जुन को देवलोक ले गये। एक बड़े से बरगद के पेड़ के नीचे खड़े होकर उन दोनों ने अभिमन्यु को देखा जो उस समय राक्षसों के ऊपर लगातार अपने तीर चला रहा था। जब उसने उन दोनों को देखा तो उसने चिल्लाते हुए उन्हें आगाह किया कि वे उसके रास्ते से हट जायें अन्यथा उसके तीर उन्हें भी लग सकते हैं। अभिमन्यु की नज़र में वे दोनों तुच्छ मानव मात्र थे जिन्हें इस बात की समझ नहीं थी कि उन्हें घमासान युद्ध के बीच में नहीं आना चाहिए। अर्जुन उसे गले लगाने के लिए आगे बढ़ा। लेकिन कृष्ण ने उसे रोक दिया। उन्होंने कहा, "वह अब तुम्हें नहीं पहचानता है।" अर्जुन बहुत व्यथित हो गया। उसने कृष्ण से पूछा कि जिस पुत्र को उसने इतनी देख–रेख और प्यार से पाला वह उसे इतनी जल्दी कैसे भूल गया। कृष्ण ने उत्तर दिया, "वह धरती पर तुम्हारा पुत्र था, उस जगह को छोड़ने के साथ ही उसका बन्धन भी छूट गया।" "अगर ऐसा है तो हमें इस बेरहम जगह को छोड़ कर वापस चले जाना चाहिए," अर्जुन ने कहा। उस क्षण अर्जुन का जीवन–मृत्यु के सत्य से साक्षात्कार तो हुआ लेकिन वह इसे स्वीकार नहीं कर पाया।

कृष्ण और अर्जुन वापस पाण्डव शिविर आ गये। विलाप करती हुई पुत्रवधू उत्तरा और पत्नी सुभद्रा और द्रौपदी को देख कर अर्जुन सम्बन्धों के मोह में पुनः फँस गया। और तब उसने अपने पुत्र की मृत्यु का प्रतिशोध लेने का प्रण किया जिसकी परिणति अगले दिन जयद्रथ के वध के रूप में हुई।

श्रेष्ठ किन्तु अभागा

व्यास महाभारत की तरह सारला की कथा में भी कर्ण कौरवों का तीसरा सेनापति था। उसके पहले भीष्म और गुरु द्रोण जैसे महारथियों ने कौरव सेना का नेतृत्व किया था। युद्ध के सत्रहवें दिन कर्ण अर्जुन के हाथों मारा गया, लेकिन देखा जाये तो युद्ध शुरू होने के पहले ही माता कुन्ती और देवताओं के राजा इन्द्रदेव ने उसे मार दिया था।

अर्जुन जानता था कि कर्ण के कवच और कुण्डल अभेद्य हैं। उनके रहते कर्ण को कभी पराजित नहीं किया जा सकता है। इसलिए उसने अपने पिता इन्द्रदेव से कर्ण से उसके कवच और कुण्डल माँगने के लिए कहा। युद्ध शुरू होने के पहले इन्द्र ब्राह्मण वेश में कर्ण के पास गये और उससे दान में कवच और कुण्डल माँगे, जो कर्ण ने बिना किसी हिचकिचाहट के शरीर से काट कर दे दिये। इसके बाद कर्ण की दानवीरता से प्रभावित होकर या फिर कहें शायद अपने कृत्य पर शर्मिन्दा होकर इन्द्रदेव ने अपना सबसे शक्तिशाली और अचूक हथियार वज्रास्त्र कर्ण को दिया। लेकिन वह इसे सिर्फ़ एक बार ही इस्तेमाल कर सकता था। क्या इन्द्र का प्रतिदान पर्याप्त था? और क्या कर्ण की दानवीरता की परीक्षा अब समाप्त हो गयी थी? शायद नहीं!

कर्ण के पास अभी भी कुछ ऐसा था जिसकी वजह से कवच और कुण्डल के बिना भी वह अजेय था। इसलिए कृष्ण और पाण्डवों ने इस बार माता कुन्ती का सहारा लिया। कुन्ती ने कर्ण से न केवल अपने पुत्रों का जीवन दान बल्कि उसके जीवन का आख़िरी कवच भी माँग लिया। लेकिन कर्ण तो कुन्ती का पुत्र था! फिर कुन्ती ने उसके प्राण संकट में क्यों डाल दिये?

कृष्ण पाण्डवों के साथ युद्ध को लेकर मन्त्रणा कर रहे थे। उसी समय कुन्ती वहाँ आयी। युधिष्ठिर ने कुन्ती से कहा कि वे कर्ण से पाण्डवों के साथ आने के लिए कहें और साथ में यह भी कहें कि युद्ध में पाण्डवों की विजय होने पर वह ही राजा बनेगा। लेकिन सभी जानते थे कि कर्ण दुर्योधन का साथ नहीं छोड़ेगा और कर्ण और अर्जुन की प्रतिद्वन्द्विता भी सर्वविदित थी। शायद इसीलिए सहदेव ने कुन्ती से कर्ण से यह कहने के लिए कहा कि वह अर्जुन के अलावा किसी अन्य पाण्डव को न मारे।

यह जानने पर कि कर्ण और अर्जुन के बीच युद्ध होगा, कुन्ती अपने सबसे छोटे पुत्र के लिए चिन्तित हो उठी। कुन्ती ने कृष्ण से कहा कि कर्ण के सामने तो अर्जुन सिर्फ़ एक बच्चा है, वह कैसे कर्ण जैसे पराक्रमी और अनुभवी योद्धा का सामना कर पायेगा। कृष्ण ने मौक़े का फ़ायदा उठाते हुए कुन्ती को कर्ण के दो अचूक दैवी अस्त्र नील बाण और भुजा बाण के बारे में बताया। उन्होंने इन बाणों का रहस्य बताते हुए कहा कि ये बाण कृष्ण और शिव के शरीर की हड्डियों से बने हैं जिस वजह से इन्हें नष्ट करना असम्भव है। इस तरह उन्होंने एक माँ की अपनी सबसे छोटे और शायद सबसे प्रिय बेटे को लेकर होने वाली स्वाभाविक चिन्ता को और बढ़ा दिया। "कर्ण ने ये तीर अपने शरीर में छुपा रखे हैं। अर्जुन की रक्षा के लिए आपको कर्ण के पास जाकर उससे यह तीर माँगने होंगे," कृष्ण ने धीरे–से कहा।

कुन्ती कर्ण के पास जाने के लिए तैयार हो गयी। उसने अपने देवर विदुर को साथ में चलने के लिए कहा। विदुर ने आगाह किया कि कर्ण दुर्योधन का अभिन्न मित्र है इसलिए वह दुर्योधन को नहीं छोड़ेगा। लेकिन कुन्ती अडिग थी। कुन्ती और विदुर कर्ण के पास पहुँचे। कर्ण ने उनके चरण स्पर्श किये। शीघ्र ही उनके बीच युद्ध को लेकर वार्तालाप शुरू हो गया। जब कुन्ती को अहसास हुआ कि कर्ण दुर्योधन का साथ नहीं छोड़ेगा तो उसने कर्ण से दान माँगा। कर्ण ने आश्वस्त किया कि वे जो भी माँगेगी वह उन्हें देगा।

कुन्ती ने उससे अर्जुन के अलावा किसी अन्य पाण्डव को न मारने के लिए कहा।[1] उसने कर्ण से कहा कि अर्जुन और उसके बीच जो कुछ भी होगा वह उसे स्वीकार होगा क्योंकि दोनों में से चाहे किसी की भी मृत्यु हो, उसके पाँच पुत्र जीवित रहेंगे।

लेकिन दान दक्षिणा के बिना अधूरा होता है। कर्ण ने कुन्ती से दक्षिणा माँगने के लिए कहा। कुन्ती ने नील बाण और भुजा बाण माँगे। कर्ण ने आश्चर्य से पूछा कि उसे इन तीरों के बारे में कैसे पता चला। कुन्ती ने सहदेव का नाम लिया। जबकि स्वयं कृष्ण ने उसे इन तीरों के बारे में बताया था तो फिर कुन्ती ने ऐसा क्यों कहा? कवि सारला ने इसका कोई कारण नहीं बताया। कर्ण ने कुन्ती से कहा, "हे माँ! तुमने मुझे अपने गर्भ में पाला और अब तुम ही मेरी शक्तियों को मुझसे छीनना चाहती हो।" कुन्ती ने जवाब दिया, "मैं बस इतना ही चाहती हूँ कि तुम युद्ध में पाण्डवों का साथ दो और विजयी होने पर राजा बनो।" "आवश्यकता के समय मित्र को छोड़ देने की बजाय मैं मरना पसन्द करूँगा," कर्ण ने उत्तर दिया। और फिर उसने अपनी दाहिनी जाँघ काट कर नील बाण और बायीं जाँघ काट कर भुजा बाण निकाल अपनी माता को दे दिये। कुन्ती ने दोनों बाण कृष्ण को दे दिये और उन्होंने वे बाण अर्जुन को दे दिये।

कर्ण के पास अब बस वज्रास्त्र ही रह गया था। लेकिन इसके लिए भी कृष्ण ने कुछ सोच रखा था। युद्ध में उन्होंने घटोत्कच को अर्जुन के रथ के ठीक पीछे खड़े होने के लिए कहा। बिना कुछ पूछे उस युवा योद्धा ने वैसा ही किया। जैसे ही कर्ण ने वज्रास्त्र का प्रयोग किया, सारथी बने कृष्ण ने रथ को किनारे कर दिया और तेज़ी से

---

1. व्यास महाभारत में कर्ण को उसके कुन्ती पुत्र होने की बात कृष्ण से पता चली और सर्वप्रथम उन्होंने ही उससे कौरवों का साथ छोड़ पाण्डवों की तरफ़ आने के लिए कहा। कर्ण के मना करने पर कुन्ती अकेले कर्ण से मिलने गयी और उससे दुर्योधन का साथ छोड़ने के लिए कहा। कर्ण ने पुनः इनकार कर दिया। कुन्ती वापस जाने लगी, जिस पर कर्ण ने उसे ख़ाली हाथ न लौटाने की बात कहते हुए वचन दिया कि युद्ध में अर्जुन के अतिरिक्त वह किसी अन्य पाण्डव को नहीं मारेगा।

आते हुए वज्रास्त्र का निशाना पीछे खड़ा घटोत्कच बन गया। कर्ण अब दुबारा वज्रास्त्र का प्रयोग नहीं कर सकता था। इस तरह प्रभु ने कर्ण के आख़िरी अस्त्र को भी व्यर्थ कर दिया।

अब कर्ण को सिर्फ़ शोषक नाग का सहारा था।[1] लेकिन यह सहारा ही कर्ण की मृत्यु का कारण बना। खाण्डव वन की आग में शोषक नाग ने अपने सभी रिश्तेदारों को खो दिया था। तभी से वह अर्जुन से बदला लेना चाहता था। उसने कर्ण से उसको अर्जुन के ख़िलाफ़ अस्त्र की तरह प्रयोग करने का अनुरोध किया। शोषक की वर्षों की प्रतीक्षा तब समाप्त हुई जब युद्ध में अपने सारथी बने राजा शल्य के दबाव में कर्ण ने न चाहते हुए भी उसका प्रयोग अर्जुन के ऊपर किया। जैसे ही वह अर्जुन को निगलने के लिए आगे बढ़ा, कृष्ण ने हनुमान से सहायता माँगी। हनुमान ने बिना किसी देरी के रथ को ज़मीन के अन्दर धंसा दिया। कौरवों को लगा कि साँप ने अर्जुन और कृष्ण को रथ समेत निगल लिया है और वे जश्न मनाने लगे।

लेकिन थोड़ी ही देर में रथ ऊपर आ गया। जब शोषक को अहसास हुआ कि उसका निशाना चूक गया है, उसने कर्ण से उसे दुबारा प्रयोग करने का आग्रह किया। लेकिन महान धनुर्धर एक तीर का दूसरी बार प्रयोग नहीं करता है। कर्ण ने इनकार कर दिया और स्वयं को एक स्वार्थी सर्प का प्रयोग करने के लिए धिक्कारा। बार–बार गुहार लगा रहे शोषक को शान्त करने के लिए उसे अपशब्द कह कर डाँट दिया। बुरी तरह से निराश, आहत और क्रोधित शोषक ने जाते समय कर्ण को श्राप दिया कि मध्याह्न के समय उसका रथ दो दण्ड के लिए ज़मीन में धँस जायेगा लेकिन साथ में यह भी कहा कि अगर कर्ण इस दौरान सकुशल बच जाता है तो वह हमेशा के लिए अजेय हो जायेगा।[2]

---

1. व्यास महाभारत में खाण्डव वन की आग से बचे इस सर्प का नाम अश्वसेन था।
2. व्यास महाभारत में एक ब्राह्मण ने कर्ण को श्राप दिया था कि युद्ध में उसके रथ का पहिया ज़मीन में धँस जायेगा। उस ब्राह्मण की गाय के बछड़े को कर्ण ने शस्त्रों के अभ्यास के दौरान भूलवश मार दिया था। इसके अलावा कर्ण को महर्षि परशुराम से भी श्राप मिला था कि आवश्यकता के समय वह उनकी दी गयी शिक्षा भूल जायेगा।

शीघ्र ही श्राप का प्रभाव दिखा। कर्ण रथ को ज़मीन से निकालने का प्रयास करने लगा। शल्य ने उससे अर्जुन के तीरों का सामना करने के लिए कहा, जो कर्ण ने किया भी। लेकिन ज़मीन पर एक ही स्थिति में खड़े कर्ण के लिए हर तरफ़ से आ रहे तीरों का सामना करना मुश्किल था। युद्ध के नियमों का हवाला देते हुए कर्ण ने अर्जुन से थोड़ी देर के लिए लड़ाई रोकने के लिए कहा। अर्जुन रुक गया। उसकी नज़र में असहाय और शस्त्रहीन पर आक्रमण करना क्षत्रिय धर्म के विरुद्ध था। कृष्ण ने कर्ण की असहाय स्थिति का फ़ायदा उठाने की बात की। लेकिन अर्जुन ने मना कर दिया और कहा कि वह प्रतीक्षा करेगा। तब कृष्ण ने कर्ण की धर्म की दुहाई का मज़ाक उड़ाते हुए अर्जुन को कौरवों के कुकर्म गिनायें और कर्ण से कहा कि चुप रह कर वह भी कौरवों के अधर्म का भागीदार था। कृष्ण ने कर्ण को अभिमन्यु की धोखे और क्रूरता से की गयी हत्या की याद दिलायी। कृष्ण के भड़काने से जहाँ अर्जुन उद्वेलित हो गया वहीं कर्ण हतोत्साहित हो गया।

फिर कृष्ण ने कुछ ऐसा कहा जिसने अर्जुन को निर्णय लेने के लिए मजबूर कर दिया। उन्होंने अर्जुन को शोषक नाग के श्राप के बारे में बताया और कहा कि एक दण्ड बीत चुका है, अगर बचे एक दण्ड में उसने कर्ण को नहीं मारा तो कर्ण को कभी पराजित नहीं किया जा सकेगा। अर्जुन ने युद्ध में धर्म की जगह विजय का चुनाव किया। लेकिन कर्ण को मारना आसान नहीं था। जब भी अर्जुन का तीर कर्ण का सिर काटता, उसके धड़ पर नया सिर आ जाता। अर्जुन ने अपना सर्वश्रेष्ठ अस्त्र पाशुपत का प्रयोग किया लेकिन फिर भी वही हुआ। कृष्ण ने सहदेव से इसके बारे में पूछा। सहदेव ने कर्ण के शरीर में तीन जगह जमे अमृत के बारे में बताया जो कर्ण को अपने पिता सूर्यदेव से आशीर्वाद स्वरूप मिला था। उसने कहा कि जब तक इन तीनों जगह का अमृत नहीं सूखता तब तक शरीर के बाक़ी भागों में अमृत जाता रहेगा। उसने अर्जुन को कर्ण के हृदय, नाभि और कन्धे पर एक साथ बाबला, पाशुपत

और नीलचक्र नाम के तीन बाणों से प्रहार करने का सुझाव दिया।[1] अर्जुन के प्रहार ने कर्ण के शरीर के तीन टुकड़े कर दिये। इस तरह पाण्डवों की जीत के रास्ते का सबसे बड़ा काँटा हट गया। लेकिन यह विजय अर्जुन जैसे धनुर्धर के जीवन में एक दाग की तरह थी जिसे वह कभी मिटा नहीं पाया।

---

1. व्यास महाभारत में अर्जुन ने अञ्जलिक नाम के बाण से कर्ण के सिर को धड़ से अलग किया था।

शूद्रक ब्रह्मा का अवतार

धृतराष्ट्र अपने पुत्रों के लिए वरदान चाहते थे जो उन्हें मिला भी। लेकिन उसकी परिणति उनके लिए अभिशाप के रूप में हुई।

नवजात दुर्योधन को ऋषि व्यास से वरदान के साथ–साथ श्राप भी मिल चुका था। दुखी धृतराष्ट्र ने ऋषि दुर्वासा को आमन्त्रित किया और दूसरे पुत्र दुःशासन को ऋषि दुर्वासा की गोद में रखा। ऋषि ने दुःशासन के मस्तक को चूमते हुए उसे हज़ार शेरो के बराबर शक्ति पाने का आशीर्वाद दिया। यह इस आशीर्वाद का ही असर था कि जब रोते हुए शिशु दुःशासन ने उनकी छाती पर प्रहार किया तो वे अचेत होकर गिर पड़े। होश आने पर उन्होंने दुःशासन को श्राप दिया कि उसका भाई युद्ध में उसकी दाहिनी भुजा को उखाड़ फेंकेगा। निकट खड़े ऋषि व्यास यह देख मुस्कुरा दिये क्योंकि इन श्रापों की भूमिका पन्नग बैकुण्ठ में बहुत पहले ही लिखी जा चुकी थी।

भगवान विष्णु के पल भर के लिए नेत्र खोलने से छलके आँसू से पन्द्रह ब्रह्मा उत्पन्न हुए। उनके योग निद्रा में वापस जाने के बाद जब उन पन्द्रह ब्रह्माओं ने विष्णु के माथे पर बैठी देवी सरस्वती को देखा तो वे सब कामान्ध हो गये। उन्होंने देवी को चारों तरफ़ से घेर लिया। देवी क्रोधित हो गयीं। और उनके कटाक्ष नेत्रों से त्रैलोक्य मोहिनी कन्या पैदा हुई। देवी के 'कौन तुम' कह कर पुकारने से अनादि नारी का नाम केतुका हुआ। जब केतुका ने आहार माँगा तो वाक् देवी ने उसे उन सभी पन्द्रह ब्रह्मा को खाने का आदेश दिया। चौदह हज़ार वर्ष में केतुका ने एक–एक करके सभी को खा लिया,

केवल शूद्रक नाम के ब्रह्मा बच गये। उन्होंने भगवान विष्णु से रक्षा की गुहार लगायी। भगवान विष्णु ने केतुका से शूद्रक ब्रह्मा को छोड़ देने के लिए कहा। लेकिन देवी सरस्वती ने विरोध करते हुए शूद्रक ब्रह्मा के अपराध को अक्षम्य बताया। तब भगवान ने केतुका से शूद्रक ब्रह्मा को द्वापर युग तक छोड़ देने लिए कहा। द्वापुर युग में केतुका ने द्रौपदी के रूप में और शूद्रक ब्रह्मा ने दुःशासन के रूप में जन्म लिया।[1]

दुर्योधन की तरह ही वरदान और श्राप से बँधे दुःशासन को कुरुक्षेत्र के युद्ध में भयानक अन्त का सामना करना पड़ा। भीम और दुःशासन के बीच हुए युद्ध ने वहाँ उपस्थित सभी योद्धाओं को स्तब्ध कर दिया। सब दर्शक बन भीम का ताण्डव देखने लगे। भीम ने दुःशासन की भुजाओं को उसके शरीर से उखाड़ कर फेंक दिया, उसकी छाती को कुचल दिया और उसकी स्थिति का उपहास करते हुए अभद्र भाषा में उसे सम्बोधित किया। उसने दुःशासन को याद दिलाया कि किस तरह उसने कौरव सभा में द्रौपदी के साथ दुर्व्यवहार किया था। उसने आगे कहा कि जो कुछ भी इस समय उसके साथ हो रहा है उसका कारण वह स्वयं है। अन्त में उसने आस–पास खड़े सभी योद्धाओं को यहाँ तक कि कृष्ण को दुःशासन को उसके चंगुल से छुड़ा ले जाने की चुनौती दी। कृष्ण को चुनौती देना अर्जुन को नागवार गुज़रा। उसने भीम पर प्रहार करने के लिए अपना शस्त्र पाशुपत उठाया लेकिन कृष्ण ने अर्जुन को रोक दिया। उन्होंने अर्जुन को भीम के रौद्र रूप में भगवान नृसिंह का साक्षात् दर्शन कराया।

भीम द्रौपदी को युद्ध क्षेत्र में ले आया। उसने दुःशासन की भुजाओं से बहते रक्त को द्रौपदी के केशों पर डाला। सिर से बहता हुआ रक्त द्रौपदी के ओठों पर आ गया और उसने दुःशासन के रक्त का पान किया।

---

1. व्यास महाभारत में ब्रह्मा के मानस पुत्र पुलस्त्य के पुत्र राक्षस ने धृतराष्ट्र के पुत्रों के रूप में (दुर्योधन को छोड़ कर) जन्म लिया था।

भीम के हाथों धृतराष्ट्र के सभी सौ पुत्रों का वध हुआ। लेकिन किसी की भी मृत्यु दुःशासन जितनी भयानक नहीं थी। भीम ने एक जानवर से भी ज़्यादा पाशविक तरीक़े से उसका शिकार किया था। बेचारा दुःशासन! उसने तो हमेशा दुर्योधन के आदेश का पालन ही किया था। द्रौपदी के चीरहरण के समय उसने यह नहीं सोचा कि वह दुर्योधन की बात मानकर अधर्म कर रहा है बल्कि उल्टा अट्टहास करते हुए द्रौपदी को खींच कर सभा में ले आया था।

अग्नि से जन्मी द्रौपदी साधारण स्त्री नहीं थी। देवी गंगा के बाद द्रौपदी ही थी जिसका उग्र स्वरूप किसी को भी हिला सकता था। देवी गंगा अपने दैवी स्वरूप से भली भाँति परिचित थीं लेकिन द्रौपदी को इसका अहसास नहीं था। कौरव सभा में द्रौपदी के साथ हुए दुर्व्यवहार के बाद भीम ने द्रौपदी के केश दुःशासन के रक्त से धोने की प्रतिज्ञा की। लेकिन द्रौपदी, दुःशासन और भीम तीनों ही नहीं जानते थे कि जो कुछ घट रहा था, उसके पीछे वास्तविक कारण क्या था।

तुम्हारे जैसा पुत्र मुझे हर जन्म में मिले लेकिन...

कृपाचार्य के अंग–भंग होने के बाद कौरव सेना में दुर्योधन के अतिरिक्त कोई अन्य वीर योद्धा नहीं बचा। रात हो चुकी थी। लेकिन युद्ध जारी था। बिना कुछ देखे–सुने दोनों पक्ष एक–दूसरे से लड़ रहे थे। उन्हें यह भी नहीं पता था कि वे शत्रु से लड़ रहे हैं या फिर अपनों से। भीम की गदा के प्रहार मात्र से एक हाथी गिर गया और हाथी की घण्टी दुर्योधन के ऊपर। युद्ध इतना भयानक था कि रणभूमि में रक्त की नदी बहने लगी। इस बात से अनजान दुर्योधन उस विशाल घण्टी के अन्दर छुपा हुआ था। इस तरह आधी रात्रि बीत गयी। दुर्योधन जानता था कि आगे की योजना बनाने के लिए उसका वहाँ से बचकर निकलना आवश्यक था। पाण्डवों के अपने शिविर वापस चले जाने के बाद दुर्योधन घण्टी से बाहर निकला। लेकिन उसके सामने रक्त की नदी बह रही थी जिसे पार करने के लिए उसे सहारे की ज़रूरत थी।

हताश होकर दुर्योधन नदी को टकटकी लगाये देखने लगा। अचानक उसने एक शव को बहते हुए देखा जिसका मुँह ऊपर की तरफ़ था। दुर्योधन को आशा की किरण दिखी। उसने शव के सहारे नदी को पार करना चाहा। लेकिन जब उसने देखा कि शव दुःशासन का है तो वह फूट–फूट कर रोया। उसने याद किया कि दुःशासन कितना पराक्रमी योद्धा था और किस तरह उसने उसकी हर आज्ञा का पालन किया था। उसे लगा कि दुःशासन मरने के बाद भी उसके काम आयेगा और उसके सहारे वह रक्त की नदी

पार कर लेगा। लेकिन वह शव दुर्योधन का भार न सह सका और नदी में डूब गया।

तब दुर्योधन ने कर्ण के शव को देखा जो उस रक्त की नदी में उगते हुए सूर्य की भाँति चमक रहा था। उसने अपने मित्र के पराक्रम, दानवीरता, उदारता और त्याग को याद किया और उसके शरीर को कस कर पकड़ लिया। उसने याद किया कि कैसे कर्ण ने मित्र के लिए अपने भाइयों को छोड़ दिया था। दुर्योधन को विश्वास था कि उसके सहारे वह नदी पार कर लेगा। लेकिन जैसे ही वह उस पर बैठा वह शव भी डूब गया।

दुर्योधन निराश होने लगा था लेकिन फिर उसने गुरु द्रोण के शव को देखा। उसने उनके प्रति कृतज्ञता जताते हुए कहा कि सिर्फ़ उनके प्रशिक्षण के कारण ही कौरव और पाण्डव इतने महान योद्धा बन सके। उसने याद किया कि जिस अर्जुन को गुरु द्रोण ने अथाह स्नेह दिया था किस तरह उसी ने युद्ध में उनके लिए अनगिनत मुसीबतें खड़ी की थीं और कैसे कृतघ्न पाण्डवों ने अपने गुरु को मार दिया था। उसने सोचा कि गुरु का शरीर उसे अवश्य ही बचा लेगा लेकिन जब उसने बैठने की कोशिश की तो वह शव भी नदी में डूब गया।

फिर दुर्योधन ने शकुनि का शव देखा। भूत–भविष्य का ज्ञानी शकुनि उसका मन्त्री था। उसने स्मरण किया कि किस तरह शकुनि ने पाण्डवों के विरुद्ध उसका साथ दिया था। उसे विश्वास था कि शकुनि का शरीर उसके लिए नाव का काम करेगा। लेकिन वह शव भी बैठते ही डूब गया। इसी प्रकार शल्य और भूरिश्रवा भी काम नहीं आये। दुर्योधन ने इस विपत्ति के लिए स्वयं को और अपनी नियति को कोसा।

समय बीत रहा था। दुर्योधन उतावला होने लगा। और तब उसने एक और शव आते हुए देखा। उस शव का मुँह नीचे की तरफ़ था। आभूषणों से ढँका वह शव रात्रि में चन्द्रमा की भाँति चमक रहा था। दुर्योधन ने सोचा कि अवश्य ही यह शव किसी भद्र महापुरुष का होगा और वह उस पर अपनी दोनों गदाओं के साथ बैठ गया। वह शव नहीं डूबा और दुर्योधन ने नदी पार कर ली।

जीवन के इस मोड़ पर जहाँ दुःशासन, कर्ण, द्रोण, शल्य, भूरिश्रवा और शकुनि उसको छोड़ कर जा चुके थे वहाँ एक अनजान व्यक्ति के शव ने उसे सकुशल नदी के पार पहुँचा दिया था। दुर्योधन उस व्यक्ति के प्रति कृतज्ञ था।

उत्सुकतावश उसने शव को पलटा।

दुर्योधन पर मानो वज्रपात हुआ। वह शव किसी और का नहीं बल्कि उसके पुत्र लक्ष्मणकुमार का था। ऐसा कहा जाता है कि पुत्र का जन्म पिता की आत्मा को नरक से बचाता है लेकिन दुर्योधन को तो उसके मृत पुत्र ने इस धरती के वास्तविक नरक से बचा लिया था।

उस रात युद्ध में लक्ष्मणकुमार बहादुरी के साथ लड़ रहा था। लेकिन दुर्योधन ने उससे रणभूमि छोड़ कर जाने के लिए कहा। लक्ष्मणकुमार ने इनकार किया और दुर्योधन से प्रार्थना की कि वह धैर्य न छोड़े और सेना इकट्ठा करके शत्रु का सामना करे। लेकिन दुर्योधन उसकी सुरक्षा को लेकर चिन्तित था। उसने लक्ष्मणकुमार को समझाते हुए कहा कि कौरव परिवार का एकमात्र उत्तराधिकारी होने के कारण उसका जीवित रहना आवश्यक है। अपने पिता की बात मान कर लक्ष्मणकुमार वहाँ से चला गया। लेकिन उस अँधेरे में वह भीम की गदा से संयोगवश टकरा कर मारा गया और किसी को भी उसकी मृत्यु का पता नहीं चला।[1]

जब दुर्योधन ने लक्ष्मणकुमार का शव देखा तो वह शोक में डूब गया। उसने अपने पुत्र की मृत्यु के लिए स्वयं को धिक्कारा। उसने स्मरण किया कि उसका पुत्र जिसे हस्तिनापुर में सभी पसन्द करते थे कितना ज्ञानी, सज्जन और दयालु था और किस तरह से वह ज़रूरतमंदों की सहायता के लिए हमेशा तत्पर रहता था। उसे याद आया कि भानुमती और लक्ष्मणकुमार ने उससे पाण्डवों को दो गाँव देने का आग्रह किया था और यह भी सलाह दी थी कि कृष्ण को सभा से अपमानित करके न भेजा जाये। लेकिन उसने उनकी प्रार्थना ठुकरा दी थी और

---

1. व्यास महाभारत में लक्ष्मणकुमार का वध अभिमन्यु के हाथों हुआ था।

प्रण लिया था कि बिना युद्ध के वह पाण्डवों को सूई के नोक के बराबर भी भूमि नहीं देगा। "मैं पाण्डवों को अपना आधा राज्य दे दूँगा, मेरे पुत्र! उठो, घर चलो, तुम्हारी माँ प्रतीक्षा कर रही है," दुर्योधन ने लक्ष्मणकुमार के मृत शरीर से याचना की। यह एक पिता के हृदय से निकली आवाज़ थी वरना पाण्डवों के साथ तो वह कुछ भी साझा नहीं कर सकता था।

देर हो रही थी। अपने वस्त्र फाड़ कर पिता ने अपने पुत्र के शरीर को ढँक दिया। "तुम्हारे जैसा पुत्र मुझे हर जन्म में मिले लेकिन तुम्हें मेरा जैसा पिता न मिले," ऐसा कहकर दुर्योधन ने लक्ष्मणकुमार के शरीर को मिट्टी से ढँक दिया। यह भानुमती और दुर्योधन के पुत्र लक्ष्मणकुमार की कहानी का अन्त था जिसकी शुरुआत उद्योग पर्व में हुई थी।

दुर्योधन द्वारा शान्ति प्रस्ताव ठुकरा दिये जाने के बाद कृष्ण कौरवों की सभा से वापस लौट रहे थे। उन्हें महसूस हुआ कि कोई उनके पीछे आ रहा है। वे पीछे मुड़े तो उन्होंने लक्ष्मणकुमार को अपनी तरफ़ भागते हुए देखा। वह हाँफ रहा था। कृष्ण ने उसे रोका और उनके पीछे आने का कारण पूछा। "हे जनार्दन! इस महाभारत युद्ध में भाई भाई को मारेगा," नवयुवक ने कहा। "भीम सभी को मार देगा। हे चक्रपाणि! मेरी माँ का आपसे आग्रह है कि मृत्यु पश्चात् उन सभी को वैकुण्ठ में स्थान दीजियेगा," यह कहते हुए लक्ष्मणकुमार ने कृष्ण के चरणों को दण्डवत प्रणाम किया।

"मैं तुमसे बहुत प्रसन्न हूँ इसलिए मैं तुम्हें एक वरदान देना चाहता हूँ। मुझे बताओ कि तुम्हारी क्या इच्छा है," प्रभु ने युवा राजकुमार से पूछा। "क्या मैं जो भी माँगूगा वह आप मुझे देंगे?" लक्ष्मणकुमार ने कहा। "विश्वास करो पुत्र, मेरे शब्द व्यर्थ नहीं जायेंगे" प्रभु ने आश्वस्त किया। "अगर ऐसा है तो मुझे वरदान दीजिए कि मेरी मृत्यु आपके चक्र द्वारा मेरे शीश को काटने से हो," उसने कृष्ण से कहा। "मैं तुम्हें कुछ और देना चाहता था, मेरे बच्चे! मैं चाहता था कि तुम कौरव वंश के उत्तराधिकारी बनो और युद्ध के बाद आधे राज्य के स्वामी बनो," कृष्ण ने कहा। लेकिन धार्मिक विचारों वाली भानुमती सच्ची सम्पदा का अर्थ जानती थी।

वह जानती थी कि मोक्ष कैसे प्राप्त किया जा सकता है और इस बारे में उसने अपने पुत्र को अच्छी तरह से समझाया था।

"हे श्रीधर! मेरी कोई और इच्छा नहीं है, बस आपका चक्र मेरा शिरोच्छेदन करे," राजकुमार लक्ष्मणकुमार ने कहा। "निश्चित रूप से," यह कह कर नारायण ने अपना शंख पांचजन्य फूँक दिया। हे प्रभु! अपना वचन मत भूलिएगा, यह कहकर लक्ष्मणकुमार अपने घर वापस लौट गया। राजकुमार को कृष्ण पर पूर्ण विश्वास था।

कुरु वंश के धुरन्धर और पराक्रमी योद्धाओं की भीड़ के बीच लक्ष्मणकुमार एक अनजान चेहरा था। उसका चचेरा भाई अभिमन्यु अपने रण कौशल और पराक्रम के लिए जगत्प्रसिद्ध है जिसके शोक में उसका पिता अर्जुन प्रतिशोध की राह पर अग्रसर हुआ। लक्ष्मणकुमार ने युद्ध में ऐसा कुछ भी नहीं किया जिसके लिए उसे याद किया जाये किन्तु मृत्यु के बाद वह अपनी महानता की अमिट छाप छोड़ गया। उसका अन्त उस तरह से नहीं हुआ जैसा प्रभु ने वायदा किया था। लेकिन जो वह जीवित रहते नहीं कर पाया वो उसके मरने के बाद हुआ। उसकी मृत्यु ने पिता दुर्योधन के मन में पश्चाताप के भाव जगा दिये। शायद इसे ही प्रभु की लीला कहते हैं।

‘शत्रु’ का अन्तिम चिह्न

युद्ध के मैदान में युधिष्ठिर ने आह्वान किया कि जो भी युद्ध में अपना नाश नहीं अपितु लम्बी आयु की कामना करता है तथा धर्म की राह पर चलना चाहता है वह पाण्डवों के साथ आ सकता है। यह सुनकर कौरव राजकुमार दुर्दस अपनी सेना के साथ पाण्डवों की तरफ़ आ गया। युधिष्ठिर ने उसे दीर्घायु होने का आशीर्वाद दिया। वहीं दुर्दस के निर्णय से स्तब्ध दुर्योधन ने उन दोनों पर आक्रमण करने का आदेश दे दिया। यह महाभारत के युद्ध की शुरुआत थी।

दुर्दस ने शत्रु के पाले में अकेले और निहत्थे युधिष्ठिर से परेशान न होने के लिए कहा। उसने कहा कि जब तक वह जीवित है युधिष्ठिर को कुछ भी नहीं होगा। और फिर वह कौरव सेना से भिड़ गया। जब भीम वहाँ पहुँचा तो उसने दुर्दस की बहादुरी से प्रसन्न होकर उसे आश्वासन दिया कि उसके जीवित रहते कोई भी मनुष्य, देवता या फिर राक्षस उसे नुक़सान नहीं पहुँचा सकेगा।

यह दुर्दस की कहानी की शुरुआत थी।[1] कौरव राजकुमारों में एक दुर्दस ही था जो धर्म के मार्ग पर आगे बढ़ा था। उसका ज़िक्र दुबारा तब आया जब युधिष्ठिर ने उससे घायल दुर्योधन की जंगली जानवरों से सुरक्षा करने के लिए कहा। दुर्दस दुर्योधन के पास रुक गया। वह सिर्फ़ एक पहरेदार की भाँति वहाँ खड़ा रहा। उस रात दुर्योधन ने अश्वत्थामा को अपना सेनापति नियुक्त किया।

---

1. व्यास महाभारत में कौरव राजकुमार युयुत्सु ने युद्ध में पाण्डवों का साथ दिया था लेकिन दुर्दस की तरह उसकी मृत्यु युद्ध के ठीक बाद नहीं हुई थी।

अगले दिन सुबह जब अश्वत्थामा पाण्डवों के सिर लेकर आया तो दुर्दस ने ही दुर्योधन को बताया कि वे सिर पाण्डवों के नहीं बल्कि द्रौपदी के पाँचों पुत्रों के हैं। दुर्दस और दुर्योधन दोनों ही दुखी हो गये। दुर्योधन ने अश्वत्थामा को बुरी तरह फटकारा और द्रौपदी के पुत्रों की मृत्यु पर विलाप करते हुए अपने प्राण त्याग दिये।

विजयी होने के बाद पाण्डव, धृतराष्ट्र और गान्धारी से मिलने गये। दुर्दस भी उनके साथ था। दुख के सागर में डूबे धृतराष्ट्र और गान्धारी को विदुर ने पाण्डवों से मिलने के लिए मनाया। जैसे ही पाण्डवों ने गान्धारी और धृतराष्ट्र को प्रणाम किया, गान्धारी का क्रोध फूट पड़ा। उसने पाण्डवों को निर्दोष लोगों की हत्या का दोषी ठहराया। अचानक गान्धारी ने पाण्डवों को देखने की इच्छा प्रकट की। वह चाहती थी कि पाण्डव उसकी आँखों की पट्टी खोलें।

कृष्ण आशंकित हो उठे क्योंकि गान्धारी ने स्वेच्छा से अन्धेपन को अपनाया था। उन्होंने सहदेव से पूछा। सहदेव ने गान्धारी की वास्तविक मंशा के बारे में बताया। "शत्रु का कोई भी चिह्न शेष नहीं रहना चाहिए," कृष्ण ने सहदेव से कहा। और फिर उन्होंने दुर्दस को अपनी माँ की आँखों की पट्टी खोलने के लिए इशारा किया। जैसे ही दुर्दस ने पट्टी खोली, गान्धारी की आँखों से निकली ज्वाला ने उसे राख में बदल दिया।[1]

गान्धारी अपने सौ पुत्रों की मृत्यु के शोक में इस क़दर डूबी हुई थी कि उसे अपने एकमात्र बचे पुत्र की सुध ही नहीं रही। बेचारा दुर्दस जिसने धर्म का साथ दिया था और जिसे धर्मराज युधिष्ठिर और महाबली भीम दोनों का आशीर्वाद प्राप्त था, अनजाने में अपनी माँ के प्रतिशोध का शिकार हो गया।

---

1. व्यास महाभारत में जब व्यास को यह अहसास हुआ कि गान्धारी पाण्डवों को नुकसान पहुँचा सकती है तो उन्होंने तुरन्त वहाँ पहुँच कर उसे समझाया। गान्धारी ने अपनी पट्टी नहीं खोली। जब युधिष्ठिर ने झुक कर प्रणाम किया तो गान्धारी को उनके नाख़ून दिखे जो उसके क्रोध का शिकार होकर विकृत हो गये।

आसक्ति से विरक्ति तक

गान्धारी और कुन्ती दोनों के मन में एक–दूसरे की सन्तानों के प्रति कोई दुर्भाव नहीं था। लेकिन द्रौपदी के अपमान की घटना ने कुन्ती के नज़रिये को बदल दिया। कुन्ती इसके बाद काफ़ी कठोर और उग्र हो गयी थी।

कुन्ती ही थी जो युद्ध के लिए अड़ गयी थी। जब उसके पुत्र और कृष्ण युद्ध ख़त्म होने के एक दिन पहले दुर्योधन को बिना मारे शिविर में वापस आते हैं तब कुन्ती ने भीम और कृष्ण को अत्यन्त कठोरता से सम्बोधित किया। कृष्ण के प्रति कुन्ती के कटु वचन सुनकर भीम उस पर क्रोधित हो उठा। लेकिन कृष्ण के समझाने पर वह शान्त हो गया।

उधर युद्ध में अपने निन्यानवे पुत्रों की मृत्यु से गान्धारी हताश हो चुकी थी। उसका ह्दय पाण्डवों के प्रति घृणा से भर गया था। प्रतिशोध लेने के लिए उसने युधिष्ठिर को धोखे से मारने का प्रयास किया। लेकिन कृष्ण ने युधिष्ठिर की जगह राजकुमार दुर्दस को आगे कर दिया। और दुर्भाग्यवश गान्धारी के हाथों उसका एकमात्र जीवित पुत्र भी मारा गया।

अब कुन्ती रानी माँ बन चुकी थी और गान्धारी पाण्डवों पर निर्भर थी। समय बदल गया था। शक्ति और अधिकार अब गान्धारी के पास नहीं थे। उसके पास कुन्ती से ईर्ष्या रखने की भी शक्ति नहीं बची थी। भीम धृतराष्ट्र को अपमानित करने का कोई मौक़ा नहीं चूकता था। गान्धारी धृतराष्ट्र की तरह ही कष्ट में थी। लेकिन कुन्ती उनके अपमान के लिए कहीं से भी उत्तरदायी नहीं थी। उसकी सत्ता में कोई

रुचि नहीं थी। शक्ति और सत्ता का कोई महत्त्व नहीं रह जाता है जब कोई उसका इस्तेमाल नहीं करना चाहता है। गान्धारी के प्रति कुन्ती की कटुता ख़त्म हो चुकी थी। वह निराश और दुखी थी। उसके पुत्र की ताजपोशी के आनन्द से कहीं बड़ा दुख, उसका अपनों के खोने का था। वह अपने पोते घटोत्कच, अभिमन्यु और अन्य रिश्तेदारों की मृत्यु पर रोज़ शोक मनाती थी। सबसे ज़्यादा दुख उसे कर्ण के युद्ध में मारे जाने का था। कुन्ती ने कर्ण को जन्म तो दिया था पर वह उसे पाल–पोस नहीं सकी थी और इसका अपराध बोध उसे हमेशा रहा। वह उसके लिए रोज़ रोती जैसे वह उसे जो जीते जी नहीं दे सकी थी, उसे उसकी मृत्यु के बाद देना चाहती थी। कर्ण ने घटोत्कच को मारा था और अभिमन्यु के वध में कौरवों का साथ दिया था। पर कुन्ती ने कभी कर्ण के ख़िलाफ़ कुछ नहीं कहा। लेकिन उसने कर्ण को मारने के लिए अर्जुन को अपशब्द अवश्य कहे। कुन्ती को शायद ही गान्धारी के प्रति कोई सहानुभूति थी। वह ख़ुद इतना टूट चुकी थी कि शायद ही किसी और के दुख को समझने की क्षमता उसमें बची होगी।

जब जन्म से अन्धे धृतराष्ट्र और स्वेच्छा से अन्धी गान्धारी ने वानप्रस्थ का निर्णय किया, कुन्ती ने भी उनके साथ चलने का निश्चय किया। आश्चर्यचकित गान्धारी ने कुन्ती से पूछा कि वह उनके साथ क्यों चल रही है। वह जानना चाहती थी कि जिसने कठिन समय में भी अपने पुत्रों का साथ नहीं छोड़ा, वह अब उनके सुख और ऐश्वर्य के दिनों में उन्हें क्यों छोड़ रही है।

कुन्ती ने उत्तर दिया कि उसे महल में किसी भी सुख का अनुभव नहीं होता है लेकिन कुन्ती के वनगमन का सिर्फ़ यही कारण नहीं था। एकान्त में युधिष्ठिर के पूछने पर उसने कहा कि अकेले दृष्टिहीन धृतराष्ट्र और गान्धारी जंगल में जब भी ठोकर खायेंगे, वे तुम्हें कोसेंगे।

कुन्ती युधिष्ठिर को धृतराष्ट्र और गान्धारी के कोप से बचाना चाहती थी। विरक्ति के मार्ग पर निकली कुन्ती को अभी भी अपने पुत्रों की सलामती की फ़िक्र थी।

युधिष्ठिर की ओड़िआ पत्नी

युधिष्ठिर अपने भाइयों की हत्या के पाप से मुक्ति पाना चाहते थे। इसलिए परीक्षित को राजकाज सौंप कर उन्होंने द्रौपदी और अन्य पाण्डवों के साथ तीर्थयात्रा पर जाने का निश्चय किया। तीर्थाटन करते हुए वे ओड़िशा पहुँचे। यहाँ वे बैतरणी नदी के किनारे बसे धर्मपुर गाँव में रुके। पास के ही गाँव अमरावती में हरि साहू नाम का व्यापारी रहता था। एक दिन हरि साहू अपनी पन्द्रह वर्षीय पुत्री सुहानी के साथ उनसे मिलने आया। बातचीत के दौरान युधिष्ठिर ने उसकी पुत्री के अविवाहित रहने का कारण पूछा, "विवाहयोग्य लड़की को घर पर रखना सही नहीं है। इससे पूर्वजों को कष्ट होता है।" हरि साहू ने अपनी विवशता प्रकट करते हुए बताया कि जन्म के नक्षत्रों के प्रभाव के कारण विवाह के दिन उसकी पुत्री की मृत्यु होना निश्चित है। सहदेव जो भूत–भविष्य का ज्ञानी था उसने युधिष्ठिर को बताया कि हरि साहू सच कह रहा है।

तब हरि साहू ने युधिष्ठिर से उसकी पुत्री सुहानी से विवाह करने की प्रार्थना की। उसने कहा कि युधिष्ठिर जैसा दामाद पाने पर यह फ़र्क़ नहीं पड़ता है कि उसकी पुत्री जीवित रहेगी या नहीं। और युधिष्ठिर का उसकी पुत्री से विवाह सिर्फ़ उसका ही नहीं बल्कि उसके पूरे समाज का सौभाग्य होगा।

युधिष्ठिर ने अपनी उम्र का हवाला देते हुए उसे समझाया कि इस समय वे वानप्रस्थ जाने से पहले तीर्थयात्रा कर रहे हैं और अब गृहस्थ जीवन में वापस नहीं लौटेंगे। लेकिन हरि साहू अडिग था। तब अन्य पाण्डवों ने युधिष्ठिर को सलाह दी कि कन्या दान अस्वीकार

करना धर्मसंगत नहीं होगा और साथ में यह किसी भी पिता के लिए अपमानजनक भी होगा। अतएव उसे इस विवाह प्रस्ताव को स्वीकार कर लेना चाहिए। यह सुनकर युधिष्ठिर ने हामी भर दी। हालाँकि द्रौपदी से इस बारे में किसी ने कुछ नहीं पूछा।

प्रसन्न पिता विवाह की तैयारियों में जुट गया। उसने यह जानने की कोशिश नहीं की कि सुहानी क्या सोच रही थी और न ही उसे इस बात की चिन्ता थी कि विवाह के दिन उसकी पुत्री की मृत्यु हो जायेगी। लेकिन युधिष्ठिर किसी भी अन्य वर की तरह ही इस बात को लेकर परेशान थे। अर्जुन ने चिन्तित न होने के लिए कहा। उसने बताया कि पहले कभी उसने यमराज की सहायता की थी। इस कारण से उसे विश्वास था कि उसके कहने पर वे सुहानी को छोड़ देंगे।

ऋषि व्यास की उपस्थिति में विवाह की तिथि निश्चित हुई। पाण्डवों के पुरोहित धौम्य ने विवाह की तैयारी शुरू की। अर्जुन सुहानी के पीछे खड़ा हो गया। जैसे ही विवाह सम्पन्न होने को हुआ, यमदूत काल और बिकाल वहाँ पर प्रकट हुए। लेकिन अर्जुन के सामने वे कुछ भी नहीं थे। उसने उन दोनों को बाँध दिया। चित्रगुप्त ने भागकर यमराज को सूचित किया। आगबबूला यमराज विवाह–स्थल पर प्रकट हुए और माहौल तनावपूर्ण हो गया। युधिष्ठिर, व्यास, धौम्य और अन्य पाण्डव चिन्तित हो गये। विवाह की रस्में तुरन्त रोक दी गयीं। लेकिन अर्जुन ने उनसे परेशान न होने के लिए कहा। उसने यमराज से विनम्रतापूर्वक सुहानी को छोड़ देने का आग्रह किया। लेकिन नाराज़ यमराज ने कोई ध्यान नहीं दिया और सुहानी की तरफ़ बढ़ने लगे। हालाँकि वे साधारण मनुष्यों को नहीं दिख रहे थे लेकिन अर्जुन की नज़रों से कहाँ बच पाते। इससे पहले कि वे कुछ कर पाते, अर्जुन ने उन्हें हज़ार रस्सियों से बाँध कर सुमेरु पर्वत पर भेज दिया।

विवाह सम्पन्न हो गया।[1] हर कोई प्रसन्न था। आश्चर्यचकित हरि साहू ने युधिष्ठिर से सुहानी के सकुशल बचने का कारण पूछा।

---

1. व्यास महाभारत में युधिष्ठिर की दूसरी पत्नी का नाम देवकी था, जिनसे उन्हें यौधेय नाम का पुत्र हुआ।

यह जानकर कि क्या कुछ घटित हुआ था, हरि साहू ने यमराज को देखने की इच्छा व्यक्त की। अर्जुन और सहदेव उसे सुमेरु पर्वत पर ले गये। वहाँ वह यमराज के पैरों पर गिर पड़ा। उसने अर्जुन से उन्हें छोड़ देने की प्रार्थना की। अर्जुन ने यमराज को यह कहते हुए मुक्त किया कि वह उन्हें पाण्डवों के ससुर के कहने पर छोड़ रहा है। और उनसे वचन लिया कि पाण्डवों के रहते वहाँ किसी की भी मृत्यु नहीं होगी।

यमराज ने सबको आशीर्वाद दिया और हरि साहू को वरदान दिया कि उसके समाज को कभी भी नरक की पीड़ा नहीं भोगनी पड़ेगी। यमराज ने उससे महाभारत ग्रन्थ घर में रखने और कथा सुनने के लिए कहा जिससे परिवार में सुख और समृद्धि का वास होगा। तब हरि साहू ने अपने दामाद, अन्य पाण्डव और सगे–सम्बन्धियों के साथ महाभारत की कथा सुनी। यह कथा किसी और ने नहीं बल्कि स्वयं सहदेव ने सुनायी जैसे लव और कुश ने रामकथा भगवान राम और अयोध्यावासियों को सुनायी थी।

इस तरह का प्रसंग महाभारत में कहीं देखने को नहीं मिलता जब यमराज को उनका निर्णय बदलने के लिए बलपूर्वक विवश किया गया हो। इससे भी ज़्यादा आश्चर्य इस बात का है कि यमराज ने न तो प्रतिरोध किया और न ही क्रोध प्रकट किया।

पाण्डव पैंतीस वर्ष वहाँ रुके। तत्पश्चात् उन्होंने द्रौपदी सहित दक्षिण की ओर अपनी तीर्थयात्रा फिर से शुरू की। युधिष्ठिर ने सुहानी को कपिलास पर्वत पर जाकर वहाँ भगवान शिव की भक्ति करने के लिए कहा। युधिष्ठिर ने कहा कि वापसी में वे उसे वाराणसी ले जायेंगे, लेकिन ऐसा नहीं हुआ। युधिष्ठिर इसके बाद सुहानी से कभी नहीं मिले। और इस तरह सुहानी की कहानी का अन्त हो गया। लेकिन युधिष्ठिर ने उससे झूठ क्यों कहा? शायद उन्होंने सोचा हो कि तीर्थ यात्रा के लिए सुहानी की उम्र बहुत कम है। कभी–कभी बड़े छोटों का दिल बहला देने के लिए ऐसी बातें करते हैं जो सच नहीं होती हैं।

साधारण परिवेश से आने वाली सुहानी सभी कुरु स्त्रियों से सबसे अलग थी। वह पाण्डवों की एकमात्र रानी थी जिसकी कोई सन्तान नहीं थी। लेकिन वह अकेली नहीं थी जिसे उन्होंने पीछे छोड़ दिया था। भीम की पत्नी हिडिम्बकी और बेलाबाली एवं अर्जुन की पत्नी चित्रांगदा और उल्लूपी भी कभी हस्तिनापुर या फिर इन्द्रप्रस्थ आकर अपने पतियों के साथ नहीं रहीं। हिडिम्बकी युधिष्ठिर के राजसूय यज्ञ के समय अपने पुत्र के साथ इन्द्रप्रस्थ आयी तो थी लेकिन वह महल में नहीं रुकी। केवल सुभद्रा ही थी जो अर्जुन से विवाह के बाद पाण्डवों के महल आयी थी। लेकिन वह कोई साधारण स्त्री नहीं थी, वह कृष्ण और बलराम की बहन थी। हालाँकि तेरह वर्षों के वनवास और फिर वानप्रस्थ पर वह अर्जुन के साथ नहीं गयी। उसके अलावा केवल सुहानी ही थी जो पाण्डवों और द्रौपदी के साथ रही थी।

भले ही सुहानी युधिष्ठिर की तीर्थयात्रा में उनके साथ नहीं थी लेकिन जब वे स्वर्ग पहुँचे तो वहाँ उन्हें सुहानी दिखी।

युधिष्ठिर और भीम का आख़िरी संवाद

तीर्थाटन समाप्त होने पर पाण्डवों ने स्वर्ग की तरफ़ जाने का निश्चय किया। युधिष्ठिर की इच्छा थी कि देह त्यागने से पहले स्वर्ग में बैठे देवताओं और अग्रजों के दर्शन हो जायें। साधु–सन्तों ने उन्हें बताया कि हिमालय जाकर उन्हें स्वर्ग का रास्ता मिलेगा। पाण्डव द्रौपदी के साथ हिमालय पर्वत की ओर निकल पड़े। लेकिन सफ़र में युधिष्ठिर को छोड़ कर कोई भी हिमालय की ठण्ड को सहन नहीं कर पाया। द्रौपदी के बाद एक–एक करके सभी पाण्डव काल के गाल में समा गये–सबसे पहले सहदेव, फिर नकुल, फिर अर्जुन और उसके बाद भीम। किसी की भी मृत्यु पर युधिष्ठिर न ही दुखी हुए और न ही रुके। भीम ने हर बार युधिष्ठिर को रोकने का प्रयास किया लेकिन युधिष्ठिर आगे बढ़ते गये। उन्होंने हर बार मरने वाले के दोष गिनाते हुए भीम से उसे उसके हाल पर छोड़ देने के लिए कहा।[1]

शुरुआत द्रौपदी से हुई। भीम ने युधिष्ठिर से कुछ पल रुकने के लिए कहा। लेकिन युधिष्ठिर ने साफ़ इनकार कर दिया। द्रौपदी को युद्ध का दोषी ठहराते हुए युधिष्ठिर ने भीम से उसे वहीं छोड़ देने के लिए कहा।[2] उनका कहना था कि भले ही कौरवों ने उसके साथ दुर्व्यवहार किया था, लेकिन उसने भी पन्द्रह वर्षों तक अपने

---

1. यह प्रसंग व्यास महाभारत के महाप्रस्थानिक पर्व में और सारला महाभारत के स्वर्गारोहण पर्व में है।

2. व्यास महाभारत में युधिष्ठिर के अनुसार द्रौपदी का दोष उसका बाक़ी पाण्डवों की अपेक्षा अर्जुन के प्रति ज़्यादा लगाव होना था।

बाल नहीं बाँधे और उसके प्रतिशोध की आग उनके निन्यानवे भाइयों को निगलने के बाद ही शान्त हुई। युधिष्ठिर के मुँह से कटु वचन सुनकर भीम दुखी होने के साथ–साथ अचम्भे में पड़ गया। वह यह समझ नहीं पा रहा था कि क्या ये वही युधिष्ठिर हैं जिन्हें वह जानता था या फिर उन्हें किसी बुरी आत्मा ने अपने वश में कर लिया है। किन्तु युधिष्ठिर स्वर्गारोहण की यात्रा का वास्तविक अर्थ जानते थे। इस समय उनके मुँह से निकला हर शब्द धर्म था।

द्रौपदी के बाद अब सहदेव की बारी थी। वह चलते–चलते अशक्त हो गया था। उसने युधिष्ठिर से प्रार्थना की कि वे एक दिन के लिए आराम कर लें। लेकिन जब तक सहदेव अपनी बात पूरी कर पाता उसकी मृत्यु हो गयी। भीम ने उसे अपनी गोद में लिटा लिया और उसकी प्रशंसा करते हुए विलाप करने लगा। उसने युधिष्ठिर से रुकने के लिए कहा, "आख़िर हम अपने भाई के बिना पर्वत की चोटी पर जाकर क्या करेंगे?" लेकिन युधिष्ठिर तटस्थ थे। उन्होंने सहदेव को सबसे बड़ा पापी बताते हुए भीम से दुखी न होने के लिए कहा। भीम को युधिष्ठिर की बात पर विश्वास नहीं हुआ। उसने विरोध करते हुए कहा कि वह सहदेव को तभी छोड़ेगा जब वे उसे उसका दोष बतायेंगे। युधिष्ठिर ने कहा कि जबकि वह सिर्फ़ हाथ देख कर ही भविष्य बता सकता था तब भी वह कभी बिना माँगे अपनी सलाह नहीं देता था। अगर वह चाहता तो पासे के खेल के परिणाम को लेकर सावधान कर देता, लेकिन उसने ऐसा नहीं किया और हम सभी को वनवास जाना पड़ा और बाद में विनाशकारी युद्ध हुआ। युधिष्ठिर भूल गये कि सहदेव भी उनके साथ वनवास पर गया था। और शायद वे ये भी नहीं जानते थे कि युद्ध कृष्ण की इच्छा थी और सहदेव और शकुनि दोनों ने मिल कर कृष्ण की योजना को सफल करने में उनका साथ दिया था।

किन्तु युधिष्ठिर से यह सब सुनने के बाद भी भीम ने सहदेव को नहीं छोड़ा। उसने एक बार फिर से युधिष्ठिर से रुकने और उसके सबसे बुद्धिमान मन्त्री की तरफ़ आख़िरी बार देखने के लिए कहा।

लेकिन युधिष्ठिर ने भीम से आँसू न बहाने और सहदेव को वहीं छोड़ देने की सलाह दी।

सहदेव के बाद नकुल की बारी आयी। पर्वत पर चढ़ते समय एक बर्फ़ के टीले से टकराकर उसकी मृत्यु हो गयी। भीम ने फिर से युधिष्ठिर से थोड़ी देर रुकने के लिए कहा। उसने अपने भाई की वीरता का बखान करते हुए कहा कि केवल नकुल ही था जो पृथ्वी को अपने भाले की नोक पर उठा सकता था। राजसूय यज्ञ के दौरान उसने दक्षिण के न जाने कितने राजाओं और योद्धाओं को हराया था। किन्तु युधिष्ठिर ने अनसुना कर दिया और आगे बढ़ गये। उनका व्यवहार देख भीम ने उनसे पूछा, "सहदेव और नकुल, अर्जुन और मेरी तुलना में आपको अधिक प्रिय थे फिर आपके जैसे भले और स्नेही पुरुष के अन्दर कौन–सी बुरी आत्मा प्रवेश कर गयी है कि अब आप अपने भाइयों के साथ भी इतनी कठोरता के साथ पेश आ रहे हैं।" "मृत्यु के समय सुन्दरता, आकर्षण और कौशल के बारे में बात करने का कोई अर्थ नहीं रह जाता है, उसे वहीं छोड़ दो, आख़िर वह जीवन भर अपने सौन्दर्य को ही निहारता रहा," युधिष्ठिर ने भीम को उत्तर दिया।

अब अर्जुन की बारी थी। उसकी आँखें बन्द होती देख भीम व्याकुल हो गया। उसने तुरन्त युधिष्ठिर को आवाज़ दी। उसने याद दिलाया कि अर्जुन ने न जाने कितने युद्ध जीते थे। लेकिन युधिष्ठिर को कोई फ़र्क़ नहीं पड़ा। उन्होंने भीम से कहा, "मरे हुए लोग आँसू बहाने से वापस नहीं आते हैं, इसलिए दुखी होने की आवश्यकता नहीं है। अर्जुन के पुण्य कर्म ही उसे इतनी दूर तक ले आये थे। वरना वह इतना अभिमानी था कि सदैव अपनी वीरता और शक्तियों का बखान करता रहता था। उसे हमेशा शिव को हराने का घमण्ड रहा और यही अज्ञानता उसका सबसे बड़ा दोष था।" भीम दुखी था। लेकिन युधिष्ठिर की बात मानते हुए भीम ने अर्जुन को उसी तरह छोड़ दिया जैसे उसने सबको छोड़ा था और युधिष्ठिर के पीछे चल पड़ा। युधिष्ठिर बिना किसी भय और मोह के आगे बढ़ते जा रहे थे। "स्वयं को मोह से दूर

करो, कोई भी स्वर्ग में सशरीर नहीं जा सकता है, मृत्यु सत्य है और दूसरे की मृत्यु पर क्या विलाप करना जब स्वयं की मृत्यु नज़दीक हो," युधिष्ठिर ने भीम से कहा।

युधिष्ठिर के कठोर वचन सुनकर भीम हताश हो गया। उसने अपने भाई से पूछा कि मृत्यु के समय वे अपने भाइयों के प्रति इतना निष्ठुर क्यों हो गये हैं जबकि उन सभी ने हमेशा प्रेम और समर्पण के साथ उनकी सेवा की थी। "लगता है किसी बुरी शक्ति ने उन्हें अपने वश में कर लिया है," भीम ने सोचा।

भीम की बातें सुनकर युधिष्ठिर ने उसे अपनी बाँहों में भर लिया। उन्होंने उसे आश्वासन दिया कि उन्होंने कभी अपने भाइयों को अपने से अलग नहीं समझा और वे हमेशा उनके प्रिय रहे। लेकिन प्रत्येक व्यक्ति अपने स्वभाव के अनुसार कर्म करता है और उन कर्मों के हिसाब से उसे फल मिलता है। अर्जुन के भाग्य पर रोने के बजाय अब उसे अपनी मृत्यु के लिए तैयार हो जाना चाहिए क्योंकि उसका भी समय आ चुका है, युधिष्ठिर ने भीम को समझाया। "मुझे अकेला मत छोड़ देना, अपने साथ ले जाना, वैसे भी अकेले हिमालय की चोटी पर आप क्या करेंगे," भीम ने युधिष्ठिर से याचना की।

भीम जिसने न जाने कितनों को मृत्युलोक पहुँचाया था, उस क्षण मृत्यु से बचने के लिए धर्मराज से गिड़गिड़ा रहा था। युधिष्ठिर ने उसे पुनः समझाया कि वे उसे अपने साथ ले जाने में असमर्थ हैं। व्यक्ति का कर्म और धर्म ही उसे स्वर्ग के रास्ते पर ले जाते हैं। शीघ्र ही पर्वत की चोटी दिखाई देनी लगी। "मेरे पीछे आओ," दृढ़ता के साथ आगे बढ़ते हुए युधिष्ठिर ने भीम से कहा।

लेकिन अब समय आ चुका था। भीम के अच्छे कर्म समाप्त हो चुके थे। और वह बायाँ पैर फिसलने से गिर गया। "मेरे भाई इतने कठोर मत बनों, मुझे अपने साथ ले जाओ, "दर्द से कराहते हुए भीम ज़ोर से चिल्लाया। युधिष्ठिर रुके और पीछे मुड़ कर मुस्कुराएँ। जैसे कोई बड़ा अपने नासमझ बच्चे को बार–बार समझाता है वैसे ही युधिष्ठिर ने फिर से भीम को मृत्यु का शान्त चित् से सामना करने

के लिए कहा। धीरे–धीरे भीम अपने होश खोने लगा। बेहद निराशा के साथ उसने युधिष्ठिर से कहा कि वह बिल्कुल भी नहीं हिल पा रहा है।

संयोगवश यात्रा के दौरान केवल भीम ही था जिसके साथ युधिष्ठिर का पूरे समय संवाद हुआ था। यह भीम ही था जो द्रौपदी और अन्य पाण्डवों की मृत्यु के दौरान हर बार युधिष्ठिर से रुकने की प्रार्थना करता था। और सिर्फ़ उसी ने युधिष्ठिर से उसे अपने साथ ले जाने की प्रार्थना की थी। शायद अन्य सभी को अहसास हो गया था कि स्वर्ग के पथ पर युधिष्ठिर परिजनों के मोह और बन्धन से मुक्त हो गये थे। वैसे भी महाभारत में एक भीम ही था जो युधिष्ठिर के सामने अपने तर्क रखता था।

जल्द ही भीम को होश आ गया। वह घायल था लेकिन लड़खड़ाते हुए अपनी पूरी शक्ति के साथ उठ कर दायें पैर के सहारे वह तेज़ी से अपने बड़े भाई की तरफ़ बढ़ने लगा। युधिष्ठिर ने उसे पास आते हुए देखा।

"भीम जैसा दुष्ट महाबली स्वर्ग में सशरीर नहीं जाना चाहिए। अगर उसने वहाँ उन सभी योद्धाओं को देखा जिन्हें उसने युद्ध में मारा था तो वह वहाँ उन पर फिर से आक्रमण कर देगा। केवल मृत्यु ही उसे इस शरीर की अशुद्धियों और बुराइयों से दूर कर सकती है," युधिष्ठिर ने विचार किया। उन्होंने धर्मदेव का स्मरण किया। धर्मदेव ने देवी हिंगुलाक्षी को भेजा। देवी का प्रहार भीम झेल नहीं पाया। गिरते हुए उसने युधिष्ठिर को पुकारा, "मुझे बचा लो!" लेकिन युधिष्ठिर आगे चलते रहे और बिना मुड़े उन्होंने भीम को शान्त रहने और चिन्ता न करने की सलाह दी।

पता नहीं भीम ने उनके यह शब्द सुने भी थे या नहीं।

स्वर्गारोहण

हिमालय की चढ़ाई में एक–एक करके द्रौपदी समेत सभी पाण्डव काल के गाल में समा चुके थे। केवल युधिष्ठिर ही आगे बढ़ते रहे। उन्हें मृत्यु का भय नहीं था। जब वे चोटी पर पहुँचे तो उन्हें बर्फ़ से ढके चार पर्वत दिखे। उन्होंने साधु–सन्तों से सुन रखा था कि उनमें एक सूर्यदेव का, एक इन्द्रदेव का, एक अनन्त नारायण का और एक भगवान शिव का था। इनके ऊपर आसमान था और उसके ऊपर स्वर्ग। लेकिन मनुष्य तो केवल हिमालय ही चढ़ सकता था, वहाँ से आगे स्वर्ग का रास्ता कोई नहीं जानता था। युधिष्ठिर इस बारे में कुछ भी नहीं सोच रहे थे। वे सशरीर स्वर्ग जाने के लिए लालायित नहीं थे। यह बात और है कि कृष्ण के शरीर त्यागने के बाद युधिष्ठिर कलियुग में नहीं रहना चाहते थे। इसीलिए परीक्षित को राज–काज सौंप कर उन्होंने हिमालय जाने का निश्चय किया था।

पाण्डवों में केवल युधिष्ठिर ही हिमालय की विषमताओं का सामना कर पाये थे। जब वे शिखर पर पहुँचे तो वे एकदम अकेले थे। शायद ऐसा उनके जीवन में पहली बार हुआ था। अब उनके पास केवल स्मृतियाँ ही थीं। उन्होंने याद किया कि किस तरह उनके भाइयों ने हर परिस्थितियों में उनका साथ दिया था। उन्हें पछतावा हो रहा था कि अपने भाइयों के मुश्किल समय में वे उनके साथ नहीं थे। उन्होंने द्रौपदी को याद किया और साथ में अपने कौरव भाइयों को भी। युधिष्ठिर ने हमेशा स्वयं को कुरुक्षेत्र युद्ध का दोषी माना था। उन्हें स्वर्ग में जाने को लेकर कोई उत्सुकता नहीं थी, वे तो अपने मृत परिजनों को लेकर दुखी थे।

"कोई भी मेरे साथ नहीं है," उन्होंने स्वयं से कहा, "मैं अब कहाँ जाऊँ?" युधिष्ठिर पूरी तरह से निराश थे। यह एक तरह का नरक ही था जिसे युधिष्ठिर उस समय अनुभव कर रहे थे।

सहसा युधिष्ठिर ने नीचे खाई की तरफ़ देखा। उन्हें एक गहरा कुआँ दिखाई दिया जहाँ अनेक राजा कष्ट भोग रहे थे। लेकिन जैसे ही उन सबने युधिष्ठिर की तरफ़ देखा, वे मुक्त हो गये।[1] युधिष्ठिर कोई साधारण मानव नहीं थे। कृष्ण भी केवल उन्हीं के समक्ष दण्डवत होते थे और हमेशा उनकी सुरक्षा को लेकर चिन्तित रहते थे।

सारला की कथा में धर्म को सर्वोपरि माना गया है और प्रभु को उसका रक्षक। लेकिन फिर भी युधिष्ठिर को नरक की तरफ़ देखना पड़ा था। आख़िर क्यों? ज्येष्ठ पाण्डव ने अपनी पूरे जीवन में केवल एक ही पाप किया था, जब उन्होंने कुरुक्षेत्र के युद्ध में गुरु द्रोण को उनके पुत्र अश्वत्थामा के बारे में पूरा सच नहीं बताया था जिसके फलस्वरूप उन्हें एक पल के लिए नरक देखना पडा।

शिखर पर अकेले बैठे युधिष्ठिर को देख ब्रह्मा ने इन्द्र को वहाँ भेजा। इन्द्रदेव ने युधिष्ठिर के पास जाकर उनसे स्वर्ग चलने का आग्रह किया। युधिष्ठिर ने उन्हें प्रणाम किया और उनके रथ की तरफ़ बढ़े। वे रथ में चढ़ने वाले ही थे कि इन्द्रदेव ने उन्हें रोक दिया। युधिष्ठिर की गोद में एक कुत्ता था। इन्द्र ने बताया कि स्वर्ग में ऐसे जानवरों के लिए कोई स्थान नहीं है और युधिष्ठिर से कुत्ते को वहीं छोड़ देने के लिए कहा।

लेकिन युधिष्ठिर जिन्होंने एक–एक करके सभी परिजनों को छोड़ दिया था, वे उस कुत्ते को हिमालय की ठण्ड में छोड़ने के लिए तैयार नहीं थे। उन्हें बिल्कुल भी अन्दाज़ा नहीं था कि वह कुत्ता कहाँ से आया था। जब वे पर्वत पर अकेले बैठे अपने परिजनों को याद कर रहे थे, तब उन्होंने अपने निकट यह कुत्ता देखा।[2] उन्हें आश्चर्य तो हुआ कि इतनी विषम परिस्थितियों में भी यह कुत्ता इतनी ऊँची और

---

1. व्यास महाभारत में युधिष्ठिर स्वर्ग की बजाय नरक में अपने भाइयों के साथ रहना चुनते हैं। यह एक मायाजाल था जिसे धर्मदेव ने युधिष्ठिर की परीक्षा लेने हेतु रचा था।

2. व्यास महाभारत में स्वर्गारोहण की यात्रा की शुरुआत से कुत्ता युधिष्ठिर के साथ था।

वीरान जगह पर कैसे आ गया। लेकिन उन्होंने इस बारे में कुछ और जानना नहीं चाहा। उन्हें यह देखकर अच्छा लग रहा था कि कोई उनके साथ है। एक समय उनके साथ सभी थे—उनके भाई, सम्बन्धी और पत्नी। लेकिन अब उनके साथ कुत्ते के अलावा कोई और नहीं था। शायद इसीलिए उनका मन उसे छोड़ने का नहीं हुआ। युधिष्ठिर का उसके प्रति कोई मोह नहीं था। यह मात्र उनकी उसके प्रति दया थी। युधिष्ठिर स्वभाव से दयालु थे, लेकिन अपने इस गुण को भी उन्होंने द्रौपदी और अपने भाइयों के अन्त समय में त्याग दिया था।

इन्द्र ने युधिष्ठिर को बहुत समझाया लेकिन वे नहीं माने। तब इन्द्र ने उस कुत्ते का रहस्य उन्हें बताया। "क्या आपने इस कुत्ते को पहचाना नहीं?" इन्द्र ने पूछा। युधिष्ठिर ने उत्तर दिया कि मनुष्य होने के कारण वे किसी के भी वास्तविक रूप को देख पाने में असमर्थ हैं। तब देवराज ने बताया कि यह कुत्ता वास्तव में कोई और नहीं बल्कि स्वयं धर्मदेव हैं। धर्मदेव युधिष्ठिर के पिता थे। कुत्ता ग़ायब हो गया और धर्मदेव की आवाज़ सुनायी दी। उन्होंने कहा कि अकेले पड़ चुके युधिष्ठिर का साथ देने के लिए वे वहाँ आये थे। और फिर उन्होंने युधिष्ठिर को अविलम्ब स्वर्ग आने के लिए कहा।

इन्द्रदेव के साथ युधिष्ठिर ने स्वर्ग में प्रवेश किया। सभी देवी–देवताओं ने उनका स्वागत किया। युधिष्ठिर को उनके सिंहासन पर बिठाया गया। चारों पाण्डव भाइयों ने उनके पास आकर उन्हें प्रणाम किया। युधिष्ठिर ने वहाँ दुर्योधन और सभी कौरव भाइयों को देखा, जिन्होंने उनका सहर्ष स्वागत किया। उन्होंने संजय, अभिमन्यु, घटोत्कच, लक्ष्मणकुमार, द्रौपदी के पुत्रों और अन्य सभी सम्बन्धियों को वहाँ देखा। उन्होंने उन सभी सैनिकों को भी देखा जिन्होंने कुरुक्षेत्र के युद्ध में वीरगति प्राप्त की थी। सभी प्रसन्न थे। शीघ्र ही सभी की पत्नियाँ वहाँ आ गयीं। उनमें सुहानी भी थी।

युधिष्ठिर को पता चला कि भीष्म, द्रोण, कर्ण, शल्य और शकुनि तारे बन गये हैं। लेकिन एक व्यक्ति उन्हें वहाँ नहीं दिखा, धृतराष्ट्र।[1]

❑❑

1. व्यास महाभारत में धृतराष्ट्र को स्वर्ग में भगवान कुबेर के निकट स्थान मिला था।